Bianca

Robyn Donald

Isla de secretos

Editado por HARLEQUIN IBÉRICA, S.A.
Núñez de Balboa, 56
28001 Madrid

ISLA DE SECRETOS, N.º 2271 - 20.11.13
Título original: Island of Secrets
Publicada originalmente por Mills & Boon®, Ltd., Londres.

I.S.B.N.: 978-84-687-3591-7
Depósito legal: M-24015-2013
Editor responsable: Luis Pugni
Fotomecánica: M.T. Color & Diseño, S.L. Las Rozas (Madrid)
Impresión en Black print CPI (Barcelona)
Fecha impresion para Argentina: 19.5.14
Distribuidor exclusivo para España: LOGISTA
Distribuidor para México: CODIPLYRSA
Distribuidores para Argentina: interior, BERTRAN, S.A.C. Vélez Sársfield, 1950. Cap. Fed./ Buenos Aires y Gran Buenos Aires, VACCARO SÁNCHEZ y Cía, S.A.

Capítulo 1

LUC MacAllister miró el documento que tenía delante y luego al abogado antes de decir con voz de hielo:

–Tal vez pueda explicarme por qué mi padrastro insistió en imponer esa última condición en su testamento.

Bruce Keller tuvo que contener el impulso de aclararse la garganta. Había advertido a Tom Henderson de las posibles repercusiones de tan extraña cláusula, pero su viejo amigo había respondido con cierta satisfacción:

–Es hora de que Luc aprenda que la vida significa lidiar con situaciones que no siempre puedes controlar.

En sus cuarenta años discutiendo testamentos con familias dolidas o enfrentadas, Bruce se había quedado sorprendido alguna vez, pero nunca se había sentido amenazado. Sin embargo, el ruido del tráfico en la calle principal de Auckland se esfumó al mirar los fríos ojos grises del hijastro de Tom y tuvo que hacer un esfuerzo para tranquilizarse.

–Tom no me confió el porqué.

–De modo que se negó a explicar las razones por las que estipuló que para obtener el control absoluto de las empresas Henderson antes debía pasar seis meses en compañía de esa tal... Joanna Forman.

–Se negó a explicarme por qué.

MacAllister leyó el testamento:

–«Joanna Forman, que ha sido mi acompañante durante los últimos dos años...» –Luc hizo una mueca–. Tom no solía andarse por las ramas, pero imagino que por «acompañante» quiere decir «amante».

Bruce sintió una punzada de compasión por la mujer.

–Lo único que sé sobre ella es que su tía fue el ama de llaves de tu padrastro en la isla de Rotumea hasta que murió. Joanna Forman cuidó de ella durante sus últimos meses.

–Y luego se quedó en la casa.

El desdén en el tono de Luc enfadó al abogado, pero decidió no decir nada.

Fuese cual fuese el papel que Joanna Forman había tenido en la vida de Tom Henderson, había sido alguien importante para él, tan importante como para dejarle una gran suma de dinero, aunque sabía que eso enfurecería a su formidable hijastro.

MacAllister se encogió de hombros en un gesto que le recordó a su madre, una elegante aristócrata francesa. Aunque Bruce solo la había visto una vez, nunca había olvidado su empaque o su total falta de empatía hacia los demás.

No podía ser más diferente a Tom, un neozelandés que había tomado al mundo por el cuello y que disfrutó enormemente mientras montaba un imperio multinacional.

Bruce había hecho lo posible para convencer a

Tom de que aquel inesperado legado crearía problemas, que el testamento incluso podría ser impugnado, pero su amigo estaba firmemente decidido.

En cualquier caso, su hijastro no tenía razones para mostrarse tan despreciativo. Bruce podía recordar al menos dos relaciones de Luc MacAllister publicitadas por los medios de comunicación.

Siendo un hombre justo, aceptaba que una relación entre un hombre de sesenta años y una mujer cuarenta años más joven era un poco... rarita, como diría su nieta; un pensamiento que lo hizo sonreír.

–La situación no me parece divertida –dijo Luc MacAllister.

–Ya sé que esto ha sido una sorpresa para usted. Le advertí a su padrastro que sería así.

–¿Cuándo cambió el testamento?

–Hace un año.

MacAllister asintió con la cabeza.

–Tres años después de la embolia y un año después de que esa mujer se instalase en su casa.

–Así es –asintió Bruce–. Pero Tom tuvo la precaución de hacerse un chequeo físico y mental antes de firmar el testamento.

–Por supuesto, usted le recomendaría que lo hiciera –replicó el joven, irónico–. Pero no voy a impugnar el testamento, ni siquiera esa última cláusula.

–Me parece muy sensato por su parte.

MacAllister se levantó, su mirada ártica clavada en el rostro del abogado.

Bruce se levantó también, preguntándose por qué el hombre que tenía delante parecía un gigante cuando él medía un metro ochenta y cinco.

Presencia.

A Luc MacAllister le sobraba presencia.

–Presumiblemente, esa mujer estará encantada con las condiciones del testamento.

–Sería tonta si no las aceptase –señaló Bruce–. Por difícil que sea la situación, los dos tienen mucho que ganar.

De hecho, Joanna Forman tenía el poder de privar a Luc MacAllister de algo por lo que había trabajado durante toda su vida: el control total del vasto imperio de Tom Henderson.

Una vez más, Luc miró el testamento.

–Imagino que intentaría convencer a Tom para que no lo hiciera.

–Sí, pero él sabía muy bien lo que quería.

–Y, como buen abogado y viejo amigo, ha hecho lo posible para que esa cláusula fuese intocable –dijo MacAllister, sarcástico.

Luc no esperó una respuesta. Sus abogados se encargarían de revisar el testamento con lupa, pero Bruce Keller era un abogado astuto, de modo que no esperaba poder hacer nada al respecto.

–¿Joanna Forman sabe de su buena fortuna?

–No, aún no. Tom insistió en que se lo contase yo en persona, así que iré a Rotumea dentro de tres días.

Luc intentó contener su enfado. Era injusto culpar al abogado por la situación. Su padrastro era un hombre obstinado que no aceptaba consejos de nadie y, una vez que tomaba una decisión, era inamovible. Ese carácter de hierro le había dado buen resultado en los negocios... hasta que la embolia atrofió su cerebro.

Y esa era la razón, pensó Luc, por la que se vería

obligado a vivir con Joanna Forman durante seis meses.

Y, después de los seis meses, ella tomaría la decisión que le daría las riendas del imperio Henderson o lo privaría de todo aquello por lo que había luchado en los últimos años.

–¿Va a decirle que ella decidirá quién controla la empresa?

–Usted sabe que no puedo revelarle eso.

Cuando era necesario, Bruce Keller tenía cara de póquer, pero Luc apostaría lo que fuera a que Joanna Forman no lo sabría hasta que llegase el momento de tomar una decisión.

Y eso le daba tiempo para maniobrar.

–Y si su decisión fuera en mi contra, ¿qué pasaría?

Keller vaciló.

–Eso tampoco puedo divulgarlo.

No hacía falta, Luc lo sabía. Su padrastro habría organizado que alguien de su confianza se hiciera cargo de la empresa y él sabía quién era esa persona: el sobrino de Tom.

Un hombre que había luchado contra él por la supremacía en el consejo de administración de diferentes maneras, culminando el año anterior en su huida y posterior matrimonio con la prometida de Luc, que era la ahijada de Tom Henderson.

«Maldito seas, Tom».

Jo se levantó del sillón, estirándose para controlar el dolor en el cuello. Después de dos años en el trópico se había acostumbrado al calor y la humedad, pero aquel día estaba agotada.

Lo último que le apetecía era hacer de carabina de unos recién casados, pero su mejor amiga había ido a Rotumea con su flamante marido para pasar una noche en el carísimo resort de la isla con la intención de que sus dos personas favoritas pudieran conocerse...

Lindy había sido su mejor amiga desde que se conocieron en el colegio y sería estupendo volver a verla. Además, estaba deseando conocer al hombre del que Lindy llevaba un año hablando sin parar.

Un problema económico había impedido que acudiese a la boda y, por culpa de la crisis, la situación no iba a mejorar por el momento, pero no iba a arruinar la felicidad de la pareja contándole sus problemas.

La noche había empezado bien, Lindy estaba radiante y su marido era encantador. Brindaron con champán por el futuro mientras el sol se escondía tras el horizonte y la luz del atardecer envolvía la isla en una capa de color rojo, con los puntitos plateados de las estrellas.

–Qué suerte tienes –dijo Lindy–. Rotumea es el sitio más bonito del mundo.

Antes de que pudiese responder, Jo escuchó una voz familiar tras ella y, de repente, la noche perdió su encanto.

–Hola, cariño. ¿Cómo va todo?

De todos los habitantes de la isla, Sean era el único al que no quería ver. Unos días después de la muerte de Tom, había rechazado tener una aventura con él y su reacción la había hecho sentir náuseas.

Se volvió, deseando haber elegido un vestido menos revelador cuando la mirada de Sean fue inmediatamente a su escote. Pero no iba a dejar que su presencia estropease la noche a sus amigos

–Bien, gracias –respondió, intentando hacerle ver que no lo quería allí.

Sean esbozó una sonrisa.

–A ver si lo adivino, vosotros sois la pareja de recién casados a la que Jo tenía tantas ganas de ver, ¿no? ¿Disfrutando de vuestra estancia en los trópicos?

Su amiga, inocente, le devolvió la sonrisa y Joanna apretó los dientes. Ojalá hubiera sabido la clase de hombre que era antes de hablarle a Lindy de él.

–Nos encanta, es una isla preciosa.

–Soy Sean Harvey, un amigo de Joanna.

Por supuesto, Lindy lo invitó a sentarse y cuando Jo miraba alrededor del restaurante, como buscando ayuda, su mirada se encontró con la de un hombre sentado a una mesa cercana.

Le sonrió automáticamente, pero el extraño no le devolvió la sonrisa y ella apartó la mirada.

Los hombres de la isla solían ser amistosos e informales, estilo surferos. Pero, a pesar de los reflejos rubios en el pelo castaño, aquel hombre tenía un aspecto peligroso.

No era un surfero de los que iban a Rotumea cada año, eso seguro.

Alto, atlético y apuesto, tenía unos ojos tan grises como el hierro y una mandíbula cuadrada, recta. Su rostro le resultaba familiar, aunque estaba segura de que no se habían visto antes.

Tal vez fuese un actor de cine, pensó. No era el tipo de hombre que una pudiese olvidar fácilmente.

Como si ese momento de contacto hubiese forjado

un tenue lazo entre ellos, el pulso de Jo se aceleró y tuvo que hacer un esfuerzo para apartar la mirada.

«No seas tonta», se dijo a sí misma, intentando olvidarse del extraño.

No podía criticar el comportamiento de Sean, que estaba mostrándose galante con Lindy, simpático con su marido y dejando claro su interés por ella. Tanto que, en cuanto Sean los dejó solos, Lindy le preguntó:

–No me habías hablado de él, ¿es tu último novio?

–No –respondió Jo, con sequedad.

Su amiga había hecho la pregunta en un momento de silencio general y el hombre que estaba sentado a su lado giró la cabeza para mirarla. No había ninguna emoción en sus esculpidas facciones y, sin embargo, por alguna razón, sintió un escalofrío.

Había estado pendiente de él, e intentando disimular durante toda la noche, casi como si su presencia fuera una amenaza.

«No seas dramática», se regañó a sí misma. El extraño no lo merecía. Sencillamente, estaba enfadada con Sean. Por su culpa, había decidido alejarse para siempre de los hombres guapos.

No volvió a mirarlo en toda la noche, pero no podía dejar de notar su presencia, y su recuerdo se quedó con ella hasta que salió del resort y se dirigió al aparcamiento, deteniéndose abruptamente cuando vio una sombra al lado de su coche.

–Hola, Jo.

En Rotumea, el único peligro eran los ciclones, corrimientos de tierra, inundaciones o algún accidente de moto. Nunca había habido un atraco o un crimen, que ella supiera.

En cualquier caso, la presencia de Sean la sobresaltó.

–¿Qué quieres?

En esta ocasión, Sean no se molestó en sonreír.

–Hablar contigo.

–La última vez que nos vimos dijiste todo lo que me hacía falta escuchar.

Él se encogió de hombros.

–Por eso tenemos que hablar. Jo, lo siento. Si no me hubieras rechazado tan crudamente no habría perdido la cabeza. De verdad pensaba que había alguna posibilidad para nosotros. Después de todo, si el viejo Tom te hubiera hecho feliz, no habrías coqueteado conmigo.

No era la primera vez que alguien dejaba caer que la creía amante de Tom Henderson y, cada vez que eso ocurría, sentía náuseas. En cuanto a coquetear con Sean...

Joanna tuvo que contener su indignación.

–Como disculpa, falla en todos los sentidos. Déjalo estar, Sean. Ya no importa.

Él dio un paso adelante.

–¿Mereció la pena, Jo? Por mucho dinero que tuviese, acostarte con un hombre mayor... Tom debía tener al menos cuarenta años más que tú, así que no creo que fuese muy divertido. Espero que te dejase una buena cantidad de dinero en su testamento, aunque lo dudo –Sean dio otro paso hacia ella–. ¿Lo hizo? Tengo entendido que los multimillonarios son muy tacaños...

–¡Ya está bien! –lo interrumpió Jo, indignada–. Cállate de una vez.

–¿Por qué iba a callarme? Todo el mundo en Rotumea sabe que tu madre era una mujer de vida alegre...

–¡No te atrevas! Mi madre era modelo y una profesión no tiene nada que ver con la otra.

Sean abrió la boca para decir algo, pero se giró al escuchar otra voz masculina llena de autoridad:

–Ya la ha oído: cállese.

Jo se volvió para mirar al hombre que había estado sentado a su lado en el restaurante.

–No sé lo que ofrece, pero está claro que ella no lo quiere, así que váyase.

–¿Quién demonios es usted? –exclamó Sean.

–Un extraño que pasaba por aquí –respondió el hombre, con tono desdeñoso–. Y sugiero que suba a su coche y se marche. No es el fin del mundo. Ningún hombre ha muerto porque una mujer lo haya rechazado.

Sean se volvió hacia Jo.

–Muy bien, me iré, pero no vuelvas a mí cuando te echen de la casa de Henderson. Seguro que se lo ha dejado todo a su familia. Las mujeres como tú no valéis un céntimo...

–¡Vete de una vez! –lo interrumpió ella, intentando disimular la vergüenza.

Por fin, Sean se alejó y Joanna se volvió hacia el extraño.

–Gracias.

–Sugiero que la próxima vez deje a los hombres con un poco más de tacto –dijo él, con tono cáustico.

A pesar de ello, Jo se alegraba de que hubiese intervenido. Por un momento, casi había tenido miedo.

–Intentaré recordar el consejo –le dijo, irónica, antes de subir al coche.

El desagradable encuentro con Sean la había dejado angustiada. Era neozelandés, como ella, y estaba en Rotumea dirigiendo una empresa pesquera. Aunque desde el principio había dejado claro que la encontraba atractiva, había parecido aceptar educadamente los límites que ella imponía...

Jo intentó recordar si alguna vez había dicho o hecho algo que le hubiera hecho pensar que quería algo más que una amistad, pero no recordaba nada en absoluto.

Frustrada, dio un volantazo para evitar a un pájaro suicida o que se creía inmortal. Naturalmente, el pájaro era un alcatraz de Nazca, el payaso del Pacífico.

«Concéntrate» se dijo a sí misma.

Tras la muerte de Tom, la sugerencia de Sean de que mantuviesen una aventura había sido algo inesperado, pero ella lo había rechazado amablemente... y se había quedado sorprendida por su enfado.

No le había gustado nada que la esperase en el aparcamiento para insultarla y que la creyese amante de Tom la ponía enferma. Aparentemente, Sean pensaba que cualquier relación entre un hombre y una mujer tenía que ser de naturaleza sexual.

Qué estúpido. En cierto modo, Tom era el padre que ella nunca había conocido.

Esa noche durmió mal. La humedad hacía que se preguntase si se acercaba un ciclón. Pero cuando comprobó el informe del tiempo a la mañana siguiente fue un alivio comprobar que, aunque un ciclón se dirigía al Pacífico, no llegaría a Rotumea.

Savisi, la gerente de su tienda, había llamado para decir que tenía un problema familiar y no podría ir a trabajar hasta la hora del almuerzo, de modo que Jo subió al Land Rover para ocupar su puesto.

Aquel no era su día de suerte y tuvo que lidiar con la peor cliente del mundo, una boba de unos veinte años con ropa demasiado cara y unas maneras que dejaban mucho que desear. Jo suspiró de alivio cuando la chica salió de la tienda dando un golpe de melena.

Afortunadamente, Savisi llegó a mediodía para ocupar su puesto y ella volvió al oasis que era la casa de Tom.

Pero después de comer empezó a pasear de un lado a otro, inquieta. Al final, decidió nadar un rato en la laguna. Tal vez eso la relajaría.

Desde luego la refrescó, pero no lo suficiente. Mirando con anhelo la hamaca que colgaba entre dos árboles, se rindió a la tentación...

–Señorita Forman.

Su nombre, pronunciado por una ronca voz masculina, la sobresaltó. Con el sol a la espalda no podía ver sus facciones, pero estaba segura de que no lo conocía.

Medio dormida, murmuró:

–Váyase.

–No pienso irme. Despierte.

Era una orden e indignada, saltó de la hamaca y apartó el pelo de su cara, intentando poner en acción su cerebro.

Ah, el hombre de la noche anterior.

Sintiéndose extrañamente vulnerable, deseó haberse puesto un bañador y no aquel biquini diminuto.

Aunque él no mostraba interés por su cuerpo ya que los ojos grises estaban clavados en su cara.

–¿Qué hace aquí? Esta es una playa privada.

–Lo sé. He venido a verla.

Jo se puso las gafas de sol a toda prisa, un frágil escudo ante tan penetrante mirada.

–Es usted el abogado, ¿verdad? Pensé que no vendría hasta mañana.

Aunque no tenía aspecto de abogado. No, más bien parecía un pirata o un vikingo, letal y abrumadoramente masculino. Y muy, muy vital. Era imposible imaginarlo sentado detrás de un escritorio redactando testamentos...

–No soy el abogado –dijo él entonces.

–Entonces, ¿quién es?

–Luc MacAllister.

Como su rostro, el nombre le resultaba familiar, pero seguía sin recordar...

–Muy bien, Luc MacAllister, ¿y qué es lo que quiere?

–Ya se lo he dicho, he venido a verla. Mi madre era la esposa de Tom Henderson.

–¿Tom? –repitió ella, sorprendida.

De repente, todo encajó.

De modo que aquel hombre era el hijastro de Tom.

Y estaba enfadado con ella.

El orgullo hizo que irguiese los hombros mientras la mirada metálica de Luc MacAllister se clavaba en ella.

La explicación podía esperar, pensó. Aquel hombre era parte de la vida de Tom. Se había hecho cargo del imperio Henderson años antes, tras la embolia que sufrió su padrastro. Pero, según él, no le había dejado las riendas amistosamente...

Sin embargo, aunque Tom había sido apartado del poder, seguía confiando en su hijastro.

Jo le ofreció su mano.

–Tom hablaba mucho de usted. ¿Como está, señor MacAllister?

Por un momento, pensó que iba a negarse a estrechar su mano, pero, después de unos segundos que le parecieron horas, unos largos dedos de acero se cerraron sobre los suyos, el contacto provocando una especie de descarga eléctrica. Sorprendida, estuvo a punto de dar un paso atrás, pero él soltó su mano como si temiera contaminarse.

Muy bien, además era un grosero. No podía dejar más claro que se había tragado las insinuaciones de Sean.

Enfadada, le dijo:

–Supongo que ha venido para hablar de la casa.

Sin esperar respuesta, tomó su toalla y se la colocó a modo de sarong mientras le daba la espalda.

–Por aquí –le dijo, llevándolo por un camino entre las palmeras.

Mientras caminaba delante de él, Luc admiró sus largas piernas, los brazos bronceados, el cabello de color caramelo que caía por su espalda...

De repente, su cuerpo respondió de una manera primitiva. Tom tenía buen gusto, eso había que reconocerlo. Era lógico que se hubiera encaprichado de una mujer tan sensual. Incluso en su juventud, su madre no hubiera podido compararse con aquella mujer.

Ese pensamiento debería haber matado el deseo que sentía por ella, pero ni siquiera el desprecio que sentía por sí mismo en aquel momento podía controlarlo. Nunca había perdido la cabeza por una mujer, pero por un momento entendió la frustración que sentía el hombre del aparcamiento la noche anterior. Joanna Forman debía de haber pisoteado su corazón...

Pero, ¿qué podía esperar de una mujer que se acostaba con un hombre cuarenta años mayor que ella? ¿Generosidad de espíritu?

No, en lo único que podía haber estado interesada era en la cuenta bancaria de Tom.

Poco después llegaron a la casa, rodeada de palmeras. Uno de esos árboles había matado a Tom, su fruta tan peligrosa como una bala de cañón. Él conocía los riesgos, por supuesto, pero había salido durante un ciclón, después de escuchar lo que le habían parecido gritos de ayuda...

Un coco le había partido el cráneo, matándolo de manera inmediata.

Luc apartó la mirada de la mujer para observar la casa. No podía ser más diferente a las otras propiedades que su padrastro tenía por todo el mundo, todas decoradas con un gusto exquisito.

Aquella era una especie de cabaña de estilo tropical rodeada por una gran terraza, sin paredes visibles, medio escondida entre la exuberante vegetación.

Joanna se volvió.

–Bienvenido –le dijo, intentando esbozar una sonrisa–. ¿Ha estado aquí antes?

–No, últimamente no.

A pesar de la belleza de las islas del Pacífico, a su madre le habían parecido demasiado calurosas y primitivas y la gente aburrida y poco sofisticada. Además, el clima empeoraba su asma.

Cuando se retiró, Tom dejó claro que aquella casa en la isla era su refugio y las visitas no eran bienvenidas.

Por razones evidentes, pensó Luc. Con Joanna Forman allí, no necesitaba a nadie más.

La siguió al interior de la casa y miró los muebles de bambú, las mosquiteras, un jarrón de barro lleno de flores de colores que hubiese horrorizado a su madre... aunque quien las hubiera colocado tenía buen ojo para el color y la forma.

Luc se preguntó si tal vez Tom prefería la simplicidad de esa casa a la sofisticada perfección de otras propiedades que tenía por el mundo.

–Muy tropical –comentó.

Jo apretó lo labios para no decir nada. A Tom le encantaba aquel sitio. A pesar de ser multimillonario, era un hombre sin pretensiones. La casa había sido construida para adaptarse al clima caluroso y húmedo de la isla, sin apenas paredes para que entrase la brisa.

Sería una pena que su hijastro resultase ser un idiota arrogante...

Pero ¿por qué iba a importarle? Luc MacAllister no significaba nada para ella. Probablemente había ido a advertirle que debía marcharse de allí. Bueno, era algo que esperaba y ya había hecho planes para volver a su apartamento.

Pero la actitud de Luc MacAllister la exasperaba y tuvo que contar hasta cien antes de decir:

–Estamos en el Pacífico y la casa es perfecta.

–Seguro que sí –murmuró él, mirando alrededor–. ¿Hay alguna habitación para invitados?

–¿Piensa alojarse aquí?

–Por supuesto. ¿Por qué iba a alojarme en otro sitio?

–Muy bien, entonces prepararé la cama para usted.

Él miró la habitación central, separada de las demás por un biombo blanco que no escondía una gran cama con una colcha de croché.

–¿No hay paredes?

–Aquí las casas se construyen como espacios abiertos. La privacidad no es un problema porque los isleños nunca vendrían por aquí sin haber sido invitados y Tom no solía invitar a nadie.

De nuevo, Luc MacAllister frunció el ceño y con una voz fría como el hielo, preguntó:

–¿Y dónde duerme usted?

Capítulo 2

ALGO en los ojos grises de Luc MacAllister hizo que Jo se sintiera desasosegada.

–Mi habitación está al otro lado de la casa –respondió, intentando disimular su inquietud.

Su ceño fruncido indicaba que no le gustaba la situación. Pero no pensaría mudarse allí sin haber avisado antes.

–Supongo que no le importará dormir en la cama de Tom.

–No, claro que no.

–Imagino que ha llegado hoy mismo.

–Sí –respondió Luc sucintamente.

De modo que no estaría acostumbrado a la humedad del ambiente tropical.

Jo recordó entonces sus buenas maneras.

–¿Le apetece beber algo?

–Café, gracias. Voy a buscar mi bolsa de viaje.

Jo se dirigió a la cocina. Por supuesto que tomaba café, seguramente solo y sin azúcar, a juego con su áspera personalidad. Ella sabía perfectamente qué clase de hombre era Luc MacAllister. Tom no solía hablar mucho de su familia, pero le había contado más que suficiente. Y, aunque había luchado para conservar las riendas de su imperio, una vez había admitido que solo Luc podría ocupar su puesto. Había que ser una persona muy especial para ganarse la confianza de Tom Henderson. Y muy dura.

Si prefería tomar alcohol, le mostraría el armario de los licores y la botella del whisky favorito de Tom, que estaba casi llena, tal como él la había dejado.

De repente, sintió una punzada de dolor. Lo echaba de menos.

Le temblaba ligeramente la mano mientras hacía el café. Tras la muerte de su tía, Jo se había encariñado con Tom. Un gran contador de historias, disfrutaba haciéndola reír y escandalizándola de vez en cuando.

Había sido una constante en su vida desde la infancia y a veces se preguntaba si la veía casi como una hijastra.

Cuando decidió abrir un negocio de cosméticos en Rotumea, él le había adelantado parte del dinero, pero más valioso que eso había sido el interés en sus progresos y sus sugerencias.

–¿Usted no va a tomar café? –escuchó la voz de Luc a su espalda.

Jo estuvo a punto de decir que no, pero su innata hospitalidad lo impidió.

–Si quiere...

–¿Por qué no? Voy a sacar mis cosas de la bolsa de viaje, vuelvo enseguida.

Nerviosa, Jo sacó el pastel de coco que había hecho por la noche. Seguramente preferiría tomarlo en el porche, de modo que llevó allí la bandeja. Estaba dejándola sobre la mesa cuando Luc MacAllister apareció.

–Tiene buen aspecto. ¿Lo ha hecho usted misma?

–Sí –Jo sirvió el café que, como había imaginado, tomaba solo y sin azúcar.

Tomar café le dio algo que hacer mientras él probaba el pastel de coco y le hacía incisivas preguntas sobre Rotumea y la gente de la isla.

Sabía bien por qué estaba allí. Había ido a decirle que iba a vender la casa. Sin embargo, a pesar de su antipática actitud, era un detalle que hubiese ido personalmente. Ella había esperado recibir una carta o una simple llamada telefónica, de modo que su visita era tan sorprendente como la llamada del abogado para decir que quería verla al día siguiente.

Dejar la casa en Rotumea sería decir adiós a una parte de su corazón. Pero así tenía que ser, se dijo a sí misma.

–Estaba riquísimo –dijo Luc MacAllister.

Aparentemente, tendría que ser ella quien sacara el tema y lo hizo sin preámbulos:

–Puedo marcharme de la casa cuando quiera.

–¿Por qué?

–Supongo que tiene usted planes de venderla.

Nunca había mostrado el menor interés por la casa de Rotumea y, al verla por primera vez, la había mirado con gesto desdeñoso.

–No –dijo Luc entonces–. Al menos, aún no.

–Esta casa era el sueño de Tom.

–¿Y bien?

–Parece que a usted no le gusta demasiado, pero imagino que conocía bien a su padre...

–Mi padrastro –la interrumpió él–. Mi padre era un escocés que murió cuando yo tenía tres años.

A pesar del implícito rechazo a la presencia de Tom

en su vida, Jo lo entendía porque su padre había muerto antes de que ella naciera.

Pero una mirada a la fría expresión de Luc eliminó cualquier traza de simpatía.

–¿Hay acceso a Internet?

–Tenemos ADSL –respondió ella, señalando el ordenador que estaba en una esquina.

–La isla no es muy grande. ¿Por qué no me la enseña?

¿Para qué quería ver Rotumea?

Intentando disimular su sorpresa, Jo respondió:

–Sí, claro. Pero imagino que no querrá ir en moto.

Las facciones de Luc seguían siendo de granito, pero su sonrisa irradiaba carisma y era demasiado astuto como para no saberlo. Sin duda, la utilizaba para atraer a la gente. Eso, además de su inteligencia y determinación.

–No, en la moto no. No me gustaría ver la isla con las rodillas en la cara y dando saltos por la carretera.

Sorprendida, Jo soltó una carcajada, pero él torció el gesto. ¿Por qué? ¿No le gustaba que le rieran las bromas?

–Iremos en el Land Rover.

Un viejo jeep que había visto días mejores y que sufría el efecto de la humedad del trópico, pero que aún arrancaba.

Jo esperaba que Luc quisiera conducir, pero cuando le ofreció las llaves él respondió:

–No, usted conoce la carretera mejor que yo.

Sorprendida de nuevo, Jo se colocó tras el volante y lo observó mientras daba la vuelta al jeep para sentarse a su lado. De nuevo, sintió un ligero escalofrío cuando sus piernas se rozaron.

Era demasiado hombre, pensó.

Parecía haberse llevado todo el oxígeno del interior del Land Rover con su presencia y tuvo que hacer un esfuerzo para arrancar.

–Aquí no hay muchas reglas, salvo la básica de no atropellar a nadie –le explicó–. De vez en cuando ocurre alguna colisión, pero en la isla hay tan poco tráfico que nadie resulta herido. Si atropellase a un pollo o un cerdo, discúlpese y ofrezca dinero por él. Y siempre deje pasar a cualquier vehículo con niños a bordo, especialmente si es una moto.

–¿Los niños viajan en moto? Eso es muy peligroso.

–Los niños de Rotumea parecen tener una habilidad congénita para no caerse.

Jo siguió contándole cosas de la isla. Se mostró amable, aunque seria, y Luc MacAllister hizo lo propio. Sin embargo, la tensión entre los dos era evidente mientras recorrían la primitiva carretera de la isla.

Los comentarios de Luc indicaban que la isla tenía poco atractivo para él. Aunque, para ser justos, seguramente había visto sitios mucho más pintorescos.

–Tom me contó una vez que muchos de los vecinos de Rotumea siguen viviendo como sus antepasados.

–Algunos, no todos. Hay colegios, una clínica y una pequeña industria turística que Tom creó, en asociación con algunas personas de la isla.

–El resort.

–Eso es. Tom sabía cómo atraer turistas que quisieran disfrutar de unas vacaciones tranquilas sin discotecas y tiendas de lujo, y está yendo sorprendentemente bien.

De nuevo, sintió el impacto de la mirada masculina y empezaron a sudarle las manos.

–Algunos vecinos trabajan en el resort, pero la mayoría viven de la pesca o la tierra. Son muy buenos jardineros y muy buenos pescadores.

–Y están contentos disfrutando de la vida en este paraíso.

–Nada es perfecto. Por maravilloso que sea un sitio, los seres humanos son incapaces de vivir en paz –respondió ella–. Hace doscientos años, los isleños vivían en poblados fortificados y luchaban tribu contra tribu. Tampoco es perfecto ahora, claro, pero aparentemente la gente es feliz aquí.

–¿Y los que quieren hacer algo más que pescar y comer cocos?

–Tom organizó la concesión de becas para los que quieren estudiar fuera.

–¿Y adónde van?

–A Nueva Zelanda sobre todo, aunque algunos han estudiado en otros sitios –Jo giró el volante de manera experta para evitar a unas gallinas que cruzaban la carretera.

–¿Y vuelven?

–Algunos sí. Y los que no vuelven envían dinero a sus familias.

–¿Y por qué viniste tú aquí? –le preguntó él entonces, tuteándola por primera vez.

–Por mi tía. Era el ama de llaves de Tom y él insistió en que se quedase incluso después de saber que tenía un cáncer. Contrató a una mujer para que cuidase de ella, pero tras la muerte de mi madre, mi tía me pidió que viniera.

Luc asintió con la cabeza.

–Entonces, tú ocupaste su puesto en la casa.

–Sí, supongo que sí.

Pero Tom no la había contratado. Había sugerido que se quedase en Rotumea durante unos meses para superar la muerte de su tía y, además, le gustaba su compañía. Se lo había dicho muchas veces.

–Ahora que Tom no está, ¿qué sueles hacer?

–Tengo un pequeño negocio.

–¿Turístico?

–En parte –respondió ella. Al fin y al cabo, los turistas compraban sus productos.

–¿Qué clase de negocio es?

–Recolecto plantas nativas y las convierto en productos cosméticos para el cuidado de la piel.

Jo tuvo que disimular una sonrisa al ver su gesto de sorpresa.

–¿Y por qué decidiste dedicarte a eso?

–Porque los isleños tienen una piel fabulosa –respondió ella–. Se pasan el día al sol y los únicos productos que utilizan para cuidarse son las lociones naturales que usaban sus antepasados.

–Buenos genes –observó él.

–Sin duda eso ayuda mucho, pero tienen los mismos problemas que los europeos: eccemas, quemaduras del sol, alergias. Usan plantas para curarse.

–Y tú has copiado las fórmulas.

Jo torció el gesto porque parecía implicar que estaba explotando a los isleños.

–Ha sido una aventura.

–¿Quién te dio el dinero para abrir el negocio?

–No creo que eso sea asunto tuyo.

–Si era dinero de Tom, sí es asunto mío.

–Era mi dinero –replicó ella, airada.

El abogado de Tom llegaría al día siguiente y si Luc MacAllister tenía derecho a saberlo, él le hablaría del préstamo.

¿Era por eso por lo que había ido a Rotumea? ¿Para conocer el contenido del testamento de Tom?

No, imposible. Luc era su heredero, de modo que ya debía conocerlo.

Posiblemente, Tom la habría mencionado en su testamento, incluso podría haber cancelado la deuda. Y si no... si Luc MacAllister había heredado la deuda, se la pagaría lo antes posible.

–¿Y ganas dinero con ese negocio?

Jo apretó el volante con fuerza, a punto de decirle que se metiera en sus asuntos. Pero era una pregunta lógica y si había heredado la deuda tenía derecho a saberlo.

–Sí –respondió, tomando un camino estrecho que llevaba al centro de la isla.

Luc examinaba la plantación de papayas, en silencio. No parecía asustado por el precipicio que había a un lado de la carretera o por el enorme cerdo que se apartó con desgana para dejarlos pasar.

–Esta es la zona de la que estamos tomando materia prima ahora mismo –le explicó–. Los isleños me venden los derechos para recolectar las plantas de sus tierras durante tres meses al año. Así las plantas tienen tiempo para recuperarse e incluso florecer.

–¿Cuánta gente empleas para recolectar esas plantas?

–Depende, eso lo organiza el jefe de la familia –Jo detuvo el Land Rover cuando terminó la carretera–. Desde este lado de la isla hay unas vistas preciosas –añadió, antes de bajar del coche.

Luc la siguió y, de nuevo, sintió que le afectaba su estatura, la anchura de sus hombros, su pelo castaño con algunos mechones rubios...

¿Esa mirada helada se calentaría alguna vez? Estaba segura de que no era así, aunque podía imaginar sus ojos iluminándose de pasión...

Pero era imposible imaginarlo siendo tierno o compasivo.

«¿En menos de una hora crees conocer a Luc MacAllister?», se regañó a sí misma. «Además, recuerda que no quieres saber nada de hombres guapos».

Aunque «guapo» era un calificativo incorrecto para describir las formidables facciones y el aire de autoridad de aquel hombre.

Intentando controlar su nerviosismo, señaló el arrecife de coral que protegía la laguna.

–El único río de la isla está debajo de nosotros y el agua dulce evita que se forme otra barrera de coral. El hueco entre el arrecife y la laguna forma una especie de puerto natural, el sitio al que llegaron los primeros pobladores de Rotumea.

–¿Y de dónde venían?

–Es casi seguro que provenían de lo que ahora es la Polinesia francesa y la opinión general es que ocurrió hace mil quinientos años.

–Entonces eran buenos marinos –comentó Luc–. Tenían que serlo para lanzarse a lo desconocido guiándose solo por el sol y las estrellas.

Ese comentario la sorprendió. Como todos los neozelandeses, Jo había crecido escuchando historias de esos antiguos marinos y sus proezas, pero sabía que Luc había sido educado en Inglaterra y Francia. No lo imaginaba particularmente romántico y estaba segura de que nadie le habría hablado de las canoas que habían recorrido el Pacífico, incluso llegando hasta Sudamérica, para volver con batatas que los maoríes de Nueva Zelanda llamaban *kumara*.

–Y recios –añadió Luc, sin dejar de mirar la laguna, una sinfonía de turquesas e intensos azules bordeada por playas de arena blanca frente a la barrera de coral. Inmenso y peligroso, el océano Pacífico se perdía en el horizonte.

–Muy recios –asintió ella–. Y probablemente tenían una buena razón para lanzarse al mar.

–Debían de ser muy decididos y tenaces, aparte de saber adónde iban.

Sí, eran fuertes y decididos, atributos tan útiles en el mundo moderno en el que se movía Luc como lo habrían sido para esos viajeros polinesios.

–Seguro que sí. En cuatro mil años descubrieron todas las islas habitables del Pacífico, desde Hawai a Nueva Zelanda –Jo señaló unas islas pequeñas cubiertas de palmeras y vegetación en el arrecife–. Ahí es donde llegaron los primeros pobladores. No sabían si había más gente en Rotumea, de modo que anclaron sus canoas en la laguna, dispuestos a enfrentarse con cualquier grupo hostil.

–Pero nadie se lanzó sobre ellos.

–No, entonces Rotumea no estaba habitada. Era territorio virgen –por alguna razón, sus mejillas se tiñeron de color al decir esa palabra–. Debió ser un alivio para ellos –siguió–. Habían traído cocos para plantarlos, además de *kumara*, *taro* y moreras. Y, por supuesto, también trajeron perros y ratas.

–Parece que has estudiado bien la historia de este sitio –comentó Luc, con tono irónico.

«No me gustas», pensó Jo. «Nada, ni un poquito».

–Por supuesto –respondió, con su tono más dulce–. Lo encuentro fascinante y, además, es lógico que conozca la historia del sitio en el que vivo. Y la de sus gentes, ¿no te parece?

–Sí, claro. La información es la savia de los negocios modernos.

Era extrañamente excitante charlar con él, casi como si fuera un duelo, pero pronto se iría de Rotumea. Después de todo, debía de haber gobernantes en este mundo desesperados por hablar con Luc MacAllister sobre asuntos de interés nacional, decisiones fundamentales que tomar, vastas cantidades de dinero que ganar. Una vez que se hubiera sacudido la arena de los zapatos, no volvería por allí y ella no tendría que soportarlo.

Animada por ese pensamiento, le dijo:

–Será mejor que nos vayamos. Quiero ir a la tienda antes de que cierren.

Esperaba aburrirlo de muerte. Sabía que la mayoría de los hombres preferirían lanzarse a aguas infestadas de tiburones antes que entrar en una tienda de cosméticos.

Se volvió para subir al Land Rover, pero Luc había hecho lo mismo y chocaron, el impacto hizo que perdiese el equilibrio. Cuando él la sujetó con sus fuertes manos, Jo se quedó helada al mirar esos gélidos ojos grises. Su corazón dio un vuelco, y todas las células de su cuerpo se cargaron de electricidad por efecto del potente carisma masculino.

Luc aflojó la presión en su brazo, pero en lugar de

soltarla la atrajo hacia él, su rostro serio, sus ojos como plata derretida.

Algo, no sabía qué, impidió que Jo se soltase o dijese una sola palabra. Fascinada, no podía dejar de mirar esos ojos grises. En ellos veía pasión y un deseo que debía ser reflejo del suyo.

No, le decía su cerebro insistentemente, pero algo primitivo la hizo olvidar el sentido común y, cuando Luc se apoderó de su boca, sintió que estallaba en llamas.

Cerró los ojos, dejando que el resto de sus sentidos saboreasen el momento...

Sabía a hombre, a limpio, ligeramente salado. Sus brazos eran duros como el hierro, pero la hacían sentir segura. Y, mezclado con la tropical fecundidad de la selva que los rodeaba, estaba su aroma; un aroma a deseo que ella quería aceptar, permitir que abrumase su sentido común, rendirse completamente...

Pero no podía. No debía.

Antes de que pudiese apartarse, Luc levantó la cabeza y, al ver su expresión, el deseo desapareció, dejando paso a una sensación de humillación y rabia.

–Demasiado pronto para hacer esto. Después de todo, Tom acaba de ser enterrado. Podrías al menos fingir que lo echas de menos.

El desdén que había en su voz fue como una bofetada.

Maldito fuese Sean y su sucia boca, pensó. Pero el brutal sarcasmo consiguió borrar toda traza de deseo y, con gesto desafiante, Jo levantó la barbilla e irguió los hombros.

–Tom y yo no teníamos ese tipo de relación.

Luc se encogió de hombros.

–Ahórrame los detalles.

–Si tú me ahorras a mí conclusiones erróneas –replicó ella, sus ojos verdes brillando de rabia.

–No estoy interesado en tu relación con Tom.

No era cierto. Por alguna razón, pensar que aquella mujer había tenido una relación con su padrastro lo ponía enfermo.

Pero con una madre que no mantenía en secreto sus aventuras amorosas, Joanna Forman sin duda tenía una actitud muy elástica sobre la moralidad.

Como acababa de demostrar.

Parecía más que dispuesta. Podría haberla tumbado en la hierba y hacerle el amor allí mismo...

Maldiciendo mentalmente la imagen de aquel cuerpo dorado bajo el suyo, Luc intentó controlar tan absurdo deseo pensando que la reacción de Joanna era falsa.

Seguramente habría pensado que hacer el amor con él no sería sensato en aquel momento porque perdería su baza para negociar.

–Para tu información –empezó a decir Joanna entonces, tuteándolo por primera vez–, cuando era niña pasaba las vacaciones aquí, con mi tía Luisa. Mi madre viajaba mucho y a Tom no le importaba que viniese. Siempre nos llevamos muy bien, pero no había absolutamente nada entre nosotros más que una buena amistad.

Tom tenía por costumbre convertirse en tutor de gente con talento, alguien prometedor, de modo que la historia sonaba plausible, pero no había mencionado a ninguno de sus protegidos en el testamento, solo a ella.

Aunque esa información coincidía con lo que sabía de Joanna Forman. Luc sabía que había acudido a buenos colegios privados, pagados seguramente por los amantes ricos de su madre, pero no se hizo modelo como ella, aunque Ilona había tenido mucho éxito en las pasarelas e incluso había sido musa de varios diseñadores famosos. Jo, en cambio, tenía un título en Ciencias y había dejado un buen trabajo en una empresa importante para cuidar de su madre y, más tarde, de su tía, que no quería irse de Rotumea.

O tenía un gran sentido de la responsabilidad hacia su familia o había visto una oportunidad de oro para acercarse a Tom...

Y, sin duda, le había salido bien.

Luc miró su rostro, intrigado por el color que teñía sus mejillas. Tenía una piel perfecta, algo lógico en una mujer que vendía cosméticos. Sin embargo, a pesar de ese rubor, sus ojos eran firmes y totalmente indescifrables.

¿Estaba preguntándose si la creía?

Luc recordó que tendría que vivir con ella durante los próximos seis meses y que necesitaba su aprobación antes de poder asumir el control total de las empresas Henderson.

«Muy astuto, Tom», pensó fríamente.

–Muy bien, lo dejaremos así –dijo ofreciéndole su mano.

Sorprendida, Jo sintió una descarga de adrenalina cuando los dedos masculinos se cerraron sobre los suyos.

No había dicho que la creyese, pero ¿por qué iba a importarle?

Sin embargo, así era y no iba a perder el tiempo preguntándose por qué.

Pero cuando llegaron a la tienda se quedó sorprendida. Alto y dominante, Luc examinó todos los cosméticos e incluso leyó las indicaciones.

Jo tuvo que contener un gesto de irritación ante las miradas admirativas de su gerente. Aquel era su terreno y Luc MacAllister no tenía derecho a moverse por allí como si estuviera en su casa.

Algo en aquel hombre la enfadaba de una forma incontrolable; algo más que sus suposiciones sobre su relación con Tom. Algo que no reconocía, primitivo, peligroso... y absolutamente estúpido.

«Luc no está interesado en ti ni en tus productos y tú no quieres que lo esté».

De vuelta en el Land Rover, él comentó:

–Deberías modernizar los envases.

¿También era un experto en envases para cosméticos?

–Me gustaría, pero por el momento no puedo.

–¿No has pensado en buscar un socio?

–No.

Aunque Luc no dijo nada, Joanna notó que la miraba fijamente mientras conducía. Y, cuando llegaron a la casa, le preguntó:

–¿Por qué no?

–Porque me gusta llevar el control –respondió ella, volviéndose para mirarlo con gesto desafiante.

–Lo comprendo, pero a menos que estés contenta con los beneficios que obtienes ahora... –el tono de Luc indicaba que le parecía calderilla– tarde o temprano tendrás que hacerlo.

–Ahora mismo, estoy contenta con los beneficios –replicó Jo.

Cuando Tom sugirió que buscase un socio le había dicho lo mismo. Incluso rechazó la oferta de un nuevo préstamo. Pero Tom y Luc eran dos personas muy diferentes.

El beso había cambiado las cosas y, cada vez que la miraba con esos ojos helados, con esa expresión indescifrable, se sentía como una presa.

Aunque era ridículo. Luc se había hecho cargo del imperio de Tom y lo había ampliado. Estaba acostumbrado a dirigir empresas multinacionales y no le interesaba nada su pequeño negocio, era absurdo pensarlo.

O ella, pensó luego. Sin embargo, había habido algo en ese beso, como si Luc estuviera estudiando sus reacciones...

Como una tonta, ella había perdido la cabeza y, por supuesto, él estaba totalmente convencido de que la acusación de Sean era cierta.

Bueno, daba igual. Ni Sean ni Luc MacAllister significaban nada para ella y, además, Luc se marcharía en cuanto hubiese organizado la venta de la casa.

–No me hago ilusiones sobre dónde puedo llegar.

–Parece que piensas quedarte en Rotumea el resto de tu vida.

Jo se encogió de hombros.

–¿Por qué no? ¿Se te ocurre un sitio mejor para vivir?

–Vagueando todo el día en el paraíso, ¿no? –comentó él, con tono desdeñoso.

Capítulo 3

SIEMPRE eres tan condescendiente?

No hizo falta que Luc enarcase una ceja para que Jo lamentase haber dicho eso en voz alta.

–No era mi intención. Rotumea es un punto minúsculo en un enorme océano, lejos de todo. Si tus cosméticos son buenos, ¿no quieres que los compre todo el mundo?

–Si eso significa entregarle el control de la empresa a otra persona, no. Tengo un acuerdo con la gente de la isla y valoro a los que trabajan conmigo. Creo haber establecido un negocio serio y no creo que fuese más feliz si ganase toneladas de dinero o viviendo en un ático de diseño en una ciudad llena de polución –Jo hizo una pausa–. Y mis productos son mejor que buenos, son soberbios.

–Si hay que juzgar por tu piel, no tengo la menor duda.

El cumplido la turbó.

–Gracias –murmuró, incómoda, mientras abría la puerta del Land Rover.

–Pero si ganases dinero de verdad podrías elegir dónde vivir –siguió Luc–. Las comunicaciones modernas permiten establecerse donde uno quiera.

–Sí, es cierto, pero a mí me gusta Rotumea y en la

Polinesia las relaciones personales son muy importantes para el negocio.

Luc enarcó una ceja.

–Sin duda.

–Además, me gusta tenerlo todo bien controlado.

–Saber cómo delegar es una de las lecciones que debe aprender un empresario –Luc miró su reloj–. ¿A qué hora se suele cenar aquí? Imagino que tendré que reservar una mesa en el resort.

Aliviada, Jo esbozó una sonrisa. Al menos no esperaba que cocinase para él.

–No tienes que ir al resort si no quieres. Yo soy una buena cocinera... cosas básicas, pero todas comestibles, solía decir Tom.

–Imagino que no te contrató por tu habilidad en la cocina –replicó Luc.

Algo en su tono la irritó. Abrió la boca para decirle que Tom no la había contratado en absoluto, pero volvió a cerrarla sin decir nada. El acuerdo que tenía con Tom no era asunto de Luc y, además, no la creería.

Tomando su silencio por asentimiento, él siguió:

–Entonces reservaré mesa en el resort. ¿A las nueve te parece bien?

Jo vaciló durante un segundo antes de asentir con la cabeza.

–Muy bien.

Una vez dentro de la casa, abrió la puerta de su armario y miró su contenido. Se había puesto su único vestido bueno la noche anterior en honor a Lindy y su marido...

Por supuesto, daba igual lo que se pusiera. Después de todo, no quería impresionar a nadie.

Al final, se puso un vestido largo de algodón en un tono verde pálido y una gardenia en el pelo.

Cuando estuvo lista, examinó su imagen frente al espejo detenidamente. Sí, tenía un aspecto fresco e informal, como si no hubiera hecho ningún esfuerzo. De hecho, no se maquilló en absoluto.

Cuando salió de su habitación, Luc se volvió para mirarla especulativamente.

–Si dices que tengo un aspecto muy tropical, empezaré a pensar que tienes algo en contra de esta isla.

Él esbozó una sonrisa.

–Estás preciosa, imagino que ya lo sabes.

–Me tomaré eso como un cumplido.

–Eso pretendía ser.

Un cumplido a medias, pensó ella. Pero durante la cena no se mostró antipático, al contrario; de hecho, era un conversador excelente. Si hubiera sido otro hombre, habría disfrutado de la ocasión, pero estaba demasiado tensa.

Se sentía incómoda por las miradas del resto de los clientes del restaurante... especialmente las miradas envidiosas de otras mujeres.

Por supuesto, el resort anunciaba una experiencia romántica, destacando la emoción del trópico, el perfume seductor de las gardenias que flotaba con la brisa, la promesa de una luna llena levantándose sobre el arrecife de coral...

Y, a pesar de la exclusiva lista de clientes, esa noche Luc era definitivamente el macho dominante en el *lanai*, irradiando esa cosa indefinible llamada presencia.

Pero por vital y masculino que fuese, ella no estaba interesada en Luc MacAllister.

En ningún sentido.

De modo que su reacción ante esas miradas admirativas la sorprendió. Experimentaba un instinto territorial, una emoción que no había sentido antes, que la hacía particularmente susceptible.

–¿No te gusta el pescado?

–Sí, claro que me gusta –respondió ella. Aunque no parecía tener mucho sabor esa noche, como si la mera presencia de Luc MacAllister abrumase sus sentidos.

Pero eso era totalmente ridículo.

La tensión era insoportable y cuando volvieron a la casa estaba tan tensa que dio un respingo cuando algo se movió sobre la rama de un árbol cercano.

–Solo es un pájaro –dijo Luc.

–Lo sé.

Estaba portándose como una tonta, como una adolescente en su primera cita.

Ni siquiera le gustaba el hijastro de Tom, pensó, invocando ese nombre como una especie de talismán mientras se duchaba.

Y a Luc no le gustaba ella. Había decidido creer los venenosos comentarios de Sean, convencido de que era la clase de mujer que se acostaba con un hombre por dinero.

Cuando ni siquiera la conocía.

Enfadada, cerró el grifo de la ducha y decidió pensar en otra cosa.

Pero fracasó. En la cama, con los ojos abiertos, por primera vez el sonido de las olas golpeando contra el arrecife no la ayudaba a conciliar el sueño.

Por fin, se quedó dormida y se despertó con los gritos de las gaviotas en la playa y la luz del sol entrando a través de las cortinas.

Sentándose de golpe en la cama, miró su reloj y lanzó una exclamación.

En un par de horas tenía que ir al resort para encontrarse con el abogado de Nueva Zelanda, quien seguramente iba a decirle que debía devolver el préstamo que Tom le había hecho.

Y eso sería extremadamente difícil.

En realidad, por el momento sería imposible ya que todo el dinero que poseía estaba invertido en el negocio. Había hablado con el banco, pero después de consultar con sus superiores en la isla principal, el director de la sucursal de Rotumea le había dicho que no podían darle un préstamo.

«Ay, Tom», pensó, «¿por qué has tenido que morirte?».

Lo echaba tanto de menos. A su manera, cínica y seca, Tom Henderson había ocupado el sitio del padre al que nunca había conocido.

Conteniendo su pena, se dio una ducha rápida antes de ir a la cocina. La casa estaba en silencio, como lo había estado desde que Tom murió, y antes de ver la nota sobre un banco en la terraza supo que Luc MacAllister no estaba allí.

Como era de esperar, su letra era clara, incisiva, masculina.

Anunciaba: *Volveré a las ocho,* y estaba firmada con sus iniciales.

Jo arrugó la nota y miró su reloj. Un hombre de su

altura y envergadura seguramente tomaría huevos con beicon en el desayuno, pero esa mañana tomaría lo mismo que ella: cereales y un cuenco de fruta. Y si necesitaba algo más, había huevos en la nevera, pero tendría que hacérselos él mismo.

Después de desayunar volvió a mirar el reloj. Faltaba media hora y le pareció una eternidad. El mar siempre la había calmado, pero su estómago parecía un refugio de mariposas, incluso mientras paseaba entre las palmeras y se detenía en la playa.

La luz del sol brillaba en la superficie del agua y una pequeña canoa tripulada por dos chicos bailaba a lo lejos.

Guiñando los ojos, Jo vio a Luc nadando hacia la playa, sus poderosos brazos moviéndose sin hacer el menor ruido.

Se quedó sin aliento cuando salió del agua, el sol destacando esos anchos hombros, las largas y musculosas piernas.

Para ser un ejecutivo tenía un físico fantástico, como un dios del mar, carismático y poderoso.

Sorprendida por su reacción, Jo giró la cabeza y fingió mirar la canoa, pero tuvo que tragar saliva cuando él se acercó, con los nervios agarrados al estómago.

–Buenos días –la saludó.

–Buenos días, Luc.

¿Cómo podía un ejecutivo haber desarrollado esos músculos?

En el gimnasio, pensó. Con pesas y sofisticados aparatos.

–Muy amable por tu parte venir a buscarme, pero habría encontrado el camino de vuelta a la casa.

–Suelo pasear por la playa cada mañana –dijo Jo–. No sabía que estuvieras nadando.

Él se envolvió la cintura con una toalla.

–¿A ti te gusta nadar?

–Nado todos los días.

–¿No te dan miedo los tiburones?

–Los tiburones tigre no vienen por la laguna –respondió ella–. Suelen comer por las noches, así que nadar de día es seguro. Además, los isleños dicen que ellos están a salvo de los tiburones.

Luc estaba tan cerca que se sentía sofocada mientras caminaban por la playa.

–¿Por qué están a salvo?

Jo le contó la historia del hijo del primer jefe de la isla, que salvó a un pequeño tiburón tigre atrapado en una red.

–Por su compasión, el jefe de los tiburones del arrecife prometió que los isleños no sufrirían nunca el ataque de uno de los suyos, pero solo en las aguas que rodean Rotumea.

Luc sonrió.

–Una historia muy bonita.

–La verdad es que ningún isleño ha sido nunca atacado por un tiburón tigre.

La sonrisa de Luc despertaba campanitas de alarma.

«Contrólate ahora mismo», se dijo, apartando la mirada.

Pero esa sonrisa era matadora.

–Hay cereales y fruta, pero si quieres algo más de desayuno tendrás que hacértelo tú mismo. Yo tengo una cita con el abogado de Tom a las nueve.

Cuando lo miró, vio que su expresión seguía siendo la misma de antes, sus ojos indescifrables.

–Hablaremos cuando vuelvas.

¿Hablar? ¿De qué quería hablar?

Del préstamo, pensó.

–Y puedo hacerme el desayuno, no te preocupes. No tienes que cuidar de mí.

Jo miró su reloj.

–No creo que la reunión dure mucho. Imagino que ha venido a decirme lo que Tom quería hacer con la casa.

–¿Qué vas a hacer después?

–Iré directamente a la tienda.

Y pasaría el resto del día intentando encontrar la manera de pagar el préstamo y retener la propiedad del negocio, aunque no sabía cómo iba a hacerlo.

«Piensa en positivo», se dijo. Tom era un hombre realista y sabía que su salud era precaria. La embolia había sido un serio aviso y si había sentido verdadero afecto por ella, seguramente le habría dejado algo de dinero para que pudiese pagar el préstamo.

Bruce Keller levantó la mirada cuando Joanna Forman entró en la habitación que había reservado en el resort. Aunque siempre se había enorgullecido de su actitud profesional, tuvo que hacer un esfuerzo para disimular su sorpresa.

Joanna Forman, de veintitrés años, ciudadana neozelandesa, no era como él había imaginado. Alta, con una figura preciosa, no era delgada como la mayoría de las chicas jóvenes. Y tenía esa cosa intangible que sus hijas llamaban «estilo».

No era una belleza clásica, pero como hombre no podía dejar de admirar el suave cabello de color caramelo, la exquisita piel que parecía irradiar un brillo dorado, los ojos verdes y la sensualidad de su boca.

–¿Señorita Forman? –Bruce se levantó para ofrecerle su mano.

–Sí, soy yo –respondió Joanna, con voz firme y ligeramente ronca.

Bruce se presentó a sí mismo, aprobando mentalmente el firme apretón de manos.

–Siéntese, por favor. ¿Sabe por qué estoy aquí?

–Imagino que tiene algo que decirme sobre el testamento de Tom... del señor Henderson.

–Así es.

–Supongo que debo irme de la casa y devolver el préstamo que me hizo.

Bruce parpadeó, sorprendido.

Ignorando sus consejos, Tom Henderson se había negado a discutir el legado para su amante, aparte de asegurarse que fuese intocable.

Nadie podría cambiar los términos del testamento, ni siquiera Luc MacAllister, que con toda seguridad ya habría puesto a trabajar a una legión de abogados.

–No, no es eso –dijo por fin.

¿De verdad no sabía que Tom la había incluido en su testamento?

Ella frunció el ceño.

–En ese caso, ¿por qué estoy aquí?

Tal vez de verdad no sabía nada. Pero pronto iba a averiguarlo.

–Está aquí porque el señor Henderson le ha dejado

acciones en sus empresas que valen varios millones de dólares.

De repente, la joven se puso tan pálida que parecía a punto de desmayarse. Pero después de unos segundos mirándolo como si le hubiese crecido una segunda cabeza, recuperó la compostura.

–¿Qué ha dicho? –le preguntó, con voz ligeramente temblorosa.

Evidentemente, no tenía ni idea.

Bruce se inclinó hacia delante y le dijo la cantidad de dinero que Tom Henderson le había dejado en su testamento.

–Pero hay ciertas condiciones que debe cumplir antes de conseguir esa herencia.

Joanna tragó saliva.

–¿Por qué me ha dejado ese dinero?

–Parece que Tom... en fin... –Bruce se aclaró la garganta–. Supongo que sentía afecto por usted y quería que no le faltase nada cuando él muriese.

–¿Por qué?

Estaba claro que no era una romántica y no se hacía ilusiones sobre su sitio en la vida de Tom Henderson. Pero pocos hombres dejaban una fortuna a su amante, aunque a ojos de Tom solo fuese una pequeña fortuna, de modo que debería estar dando saltos de alegría.

En lugar de eso, parecía enfadada.

–¿La razón importa?

–Sí, claro que importa –respondió ella–. Tom nunca me dijo que fuese a dejarme nada en su testamento.

De nuevo, Bruce se aclaró la garganta.

–No conozco sus razones, señorita Forman. Y, como le he dicho, dejó estipuladas ciertas condiciones.

Jo se sentía como si estuviera en un universo alternativo.

–¿Qué condiciones son esas?

El abogado se lo explicó y ella lo escuchó, incrédula.

–A ver si lo entiendo: está diciendo que para heredar ese dinero tengo que vivir durante seis meses con Luc MacAllister en Rotumea.

–Eso es.

Joanna se puso colorada.

–Pero debe ser ilegal imponer ese tipo de condición.

–El señor Henderson solo pretendía que vivieran bajo el mismo techo –dijo Bruce, después de aclararse la garganta una vez mas–. Solo eso.

–No lo entiendo. ¿Por qué imponer tal cosa?

–El señor Henderson no me contó la razón, pero imagino que era para salvaguardar sus intereses. Es mucho dinero, señorita Forman. El señor MacAllister puede ayudarla, aconsejarle cómo invertir...

Jo no creía que Luc fuese a ayudarla en absoluto. Por supuesto, necesitaba ayuda profesional para invertir ese dinero, pero ¿por qué había cargado Tom a su hijastro con esa responsabilidad? ¿Sería aquella cláusula una venganza porque Luc lo apartó del consejo de administración de la empresa y la amplió con gran éxito?

No, Tom no era vengativo.

Entonces se le ocurrió algo...

–No tengo que aceptar la herencia, ¿verdad?

El abogado la miró con cara de sorpresa.

–Piénselo bien, señorita Forman. El señor Henderson quería dejarle ese dinero. Sus razones para imponer tal condición son desconocidas, pero era importante para él porque pensaba que era lo mejor para usted.

–Puede que sí, pero es una imposición para Luc... el señor MacAllister –Jo sintió un escalofrío–. No puedo creer que Tom hiciera algo así o que Luc esté dispuesto a aceptar.

–El señor MacAllister ya ha aceptado.

–¿Luc sabe lo de esta cláusula?

–Sí, lo sabe.

Por supuesto que lo sabía, pensó. Y probablemente pensaba que había entrado en la vida de Tom con la esperanza de que le dejase algo en su testamento...

–Si rechaza la herencia, tendrá que pagar el préstamo que le hizo Tom –siguió el abogado–. Como él sabía que necesitaría algo de efectivo de manera inmediata dejó una cuenta aparte, pero ese dinero no puede ser usado para pagar el préstamo.

A Joanna se le encogió el estómago.

–No lo quiero –dijo automáticamente.

–Pero la cuenta está a su nombre.

Si Tom quería ayudarla, ¿por qué no le había perdonado el préstamo en vida?

«Deja de hacerte preguntas que no tienen respuesta y concéntrate en los hechos».

Si rechazaba el dinero del testamento no sería ella sola quien sufriera; también lo harían las personas que trabajaban con ella y que se apoyaban en su negocio para sobrevivir.

Podría venderlo y pagar así el préstamo, pensó. Había tenido ofertas de un par de grandes empresas de cosméticos...

Pero no iba a hacerlo. Cuando abrió su negocio prometió a las familias que colaboraban con ella que siempre seguiría al mando.

No podía venderlo y darles la espalda.

–Muy bien, acepto –dijo por fin. Y sintió un pellizco de miedo en el estómago–. Pero ¿y si el señor MacAllister rechazase cumplir con esa condición?

El abogado se quedó un momento en silencio.

–Entonces perdería algo que es mucho más importante para él que el dinero. No puedo decirle qué es, pero le aseguro que Luc MacAllister no se echará atrás.

Capítulo 4

JO APARCÓ detrás de la tienda y se quedó inmóvil, con las manos sobre el regazo, intentando dejar de temblar.

Le había costado un mundo llegar hasta allí desde el resort y tenía que hacer un esfuerzo para no llorar.

¿Por qué le había dejado Tom esa cantidad de dinero, cargándola con esa extraña condición? ¿Por qué obligarla a vivir con Luc MacAllister durante seis meses?

Mordiéndose los labios, buscó un pañuelo en el bolso y se secó los ojos mientras dejaba escapar un suspiro.

Tom sabía que era una persona inteligente y que aprendía rápidamente, pero sentía cierto desdén por su título universitario. Y, por supuesto, no le serviría para lidiar con esa fortuna.

Había aprendido mucho de él, pero seguramente el abogado tenía razón cuando sugirió que Tom la veía como una persona muy joven e inexperta.

Pero ¿por qué la condición de pasar seis meses con su hijastro? El inesperado legado de Tom hacía que pensara lo peor de ella y la malicia de Sean había cimentado esa convicción.

La idea de convivir con un hombre que la veía

como una buscavidas hizo que sintiera un escalofrío por la espalda.

«¿Por qué, Tom? ¿Por qué?».

La puerta del coche se abrió y Savisi Torrens, la gerente de la tienda, asomó la cabeza en el interior.

–¿Te encuentras bien? ¿Qué te ocurre?

–Estoy bien –respondió ella inmediatamente.

–Estás muy pálida. ¿Te sientes mal?

–No pasa nada, de verdad. Perdona, es que estaba perdida en mis pensamientos.

–¿Has comido?

Sorprendida, Jo miró su reloj.

–No, aún no. No sabía que fuera tan tarde. Tomaré algo en el café.

–Deja que lo pida por teléfono, así podrás sentarte un rato hasta que llegue –sugirió Savisi mientras entraban en la tienda.

Después de tomar un bocadillo y un café, Jo se sentía un poco mejor, aunque seguía teniendo el estómago encogido, y era un alivio hablar de asuntos de la tienda.

–La recesión es un desastre –estaba diciendo Savisi–. Este año no han venido tantos turistas como el año pasado.

Jo volvió a mirar los números.

–En realidad, nos ha ido mejor de lo que yo esperaba.

–Un buen producto siempre se vende bien.

–He pensado que podríamos vender nuestros productos en el resort. O abrir un spa.

–¿Un spa? ¡Qué maravilla!

–Costaría mucho dinero, pero tal vez podríamos hacerlo.

Aunque la herencia de Tom no sería suya hasta seis meses más tarde...

–La hermana de Meru trabaja en el resort y tal vez ella podría aconsejarte.

Jo miró su reloj.

–Tendré que hablar con ella, pero antes debo ir a la fábrica. He estado pensando en los envases... –Jo hizo una mueca–. Cambiarlos también costaría mucho dinero, pero si vamos a vender los productos en el resort necesitaremos unos envases más sofisticados.

Intercambiaron ideas mientras tomaban café, y después Jo se dirigió al pequeño edificio donde se fabricaban y envasaban sus productos.

Meru Manamai la saludó con un abrazo, como era habitual, y su reacción ante la idea de Jo fue tan entusiasta como la de Savisi.

–A mí me parece estupendo. Debería haber sido parte del plan original.

–A Tom no le interesaban los balnearios, le gustaba más nadar en el mar –Jo tragó saliva, recordando–. Nuestros productos podrían venderse muy bien allí, pero tendríamos que crear aceites de masaje y cosas así.

–Podríamos entregar muestras a los clientes, eso los animaría a comprar. Pero un spa costaría mucho dinero.

En seis meses, ella tendría ese dinero, pensó Jo. Todo parecía indicarle que aceptase la herencia de Tom.

–Sería bueno para Rotumea –dijo, pensativa–. Pero antes de tomar ninguna decisión, tendré que hablar con los directivos del resort.

Un spa haría que sus productos fuesen conocidos internacionalmente y eso significaría más puestos de trabajo en Rotumea, la emoción de ampliar su negocio...

Y un enorme riesgo, se recordó a sí misma.

Cuando llegó a casa, apagó el motor del coche y se quedó un momento pensando. Tendría que ser razonable y práctica. No pensaría en los minutos que había pasado en los brazos de Luc ni en el sensual impacto de sus besos.

Un impacto que seguía sintiendo, preciso como una daga a través de una armadura. Tuvo que hacer un esfuerzo para llevar oxígeno a sus pulmones antes de bajar del coche y entrar en la casa.

Pero Luc no estaba allí. Suspirando, Jo empezó a preparar la cena. A Tom siempre le había gustado el *risotto* de coco y el pescado fresco aún oliendo a mar que compraba en el mercado de camino a casa. Le gustaría a cualquiera que no fuese un carnívoro que exigía carne roja a todas horas.

Aunque no sabía si Luc lo era.

Estaba abriendo la nevera cuando el instinto hizo que girase la cabeza... para encontrarse con una mirada acerada, fría como un glaciar.

–Ah, no te había oído entrar –murmuró.

–Ya me he dado cuenta –dijo Luc.

Sin dejar de mirarla a los ojos, apoyó una cadera en la encimera que separaba la cocina del resto de la casa.

–Cenaremos en media hora. ¿Te parece bien? –le preguntó Jo.

–Muy bien –Luc miró su reloj–. ¿Te importa dejarme solo un momento? Tengo que hablar por teléfono y es una conversación privada.

–Por supuesto. Saldré a dar un paseo por el jardín.

Jo paseó durante unos segundos y luego se detuvo para colocar las ramas de un hibisco. A Tom no le gustaban los jardines formales y prefería aquel aspecto selvático lleno de plantas y flores exóticas.

No podía entender lo que Luc estaba diciendo, pero sí oía su voz y el tono dejaba claro que no estaba contento. No gritaba, al contrario, pero el tono frío y amenazador hizo que se le pusiera la piel de gallina. Sería un enemigo terrible, pensó.

Por el momento, había sido razonablemente amable con ella y se preguntó por qué.

El repentino silencio hizo que se detuviera. Tomó unas limas del árbol, aún calientes del sol, y se dirigió a la casa, preparándose para una discusión.

Luc estaba frente al bar, de espaldas a ella, sirviéndose una copa. Jo se fijó en sus anchos hombros, en las delgadas caderas, las largas y poderosas piernas. No le parecía justo que un hombre tuviese un físico tan espectacular, una mente brillante y ese potente carisma tan turbador.

Y muy buen oído porque se volvió sin que ella dijese nada.

–Ya he terminado –le dijo, ofreciéndole una copa.

Jo dejó las limas sobre la mesa y miró el líquido espumoso.

–¿Champán? ¿Qué estamos celebrando?

–Me ha parecido apropiado –dijo él, con tono arrogante–. Después de todo, acabas de convertirte en una mujer rica. Enhorabuena, has jugado muy bien tus cartas.

Jo tomó la copa con tanta fuerza que pensó que iba a romperla. Muy bien, Luc estaba resentido con ella. Era de esperar y no iba a dejar que la afectase.

Debía ser fría, sensata, razonable y práctica.

–Yo no sabía que Tom iba a dejarme nada en su testamento. Estoy tan sorprendida como tú e igualmente disgustada por esa absurda cláusula. No me gusta que me manipulen.

Él hizo una mueca.

–Supongo que quería compensarte por tus servicios. Solo espero que haya merecido la pena.

Jo apretó los dientes. Si su intención era hacerle perder los estribos, lo estaba consiguiendo.

–No te culpo por estar resentido. Tom no tenía derecho a cargarte con mi presencia durante seis meses, pero, si crees que puedes decirme lo que te venga en gana, estás muy equivocado. No voy a soportar tus insultos.

La expresión de Luc era indescifrable, pero su encogimiento de hombros decía mucho.

–Tom sabía que aceptarías.

–Entonces, debía saber que tú también lo harías. ¿Cómo consiguió que aceptases esa condición?

Él esbozó una sonrisa irónica.

–Chantaje.

–Muy bien. ¿Y ahora qué?

–Nos iremos a Nueva Zelanda mañana por la mañana.

Jo lo miró, perpleja.

–No puedo irme.

–¿Por qué no?

–Porque me necesitan aquí. Tengo responsabilidades en la isla.

–¿Tu negocio? Puedes controlarlo desde Nueva Zelanda. Y como ya no necesitas despertar el interés de Tom, podrías venderlo.

–No voy a vender mi negocio –replicó ella, intentando contener su ira.

–Haz lo que quieras, pero vendrás mañana conmigo a Nueva Zelanda –Luc examinó su vestido–. Y necesitarás algo de ropa. De eso me encargaré yo.

–¿Estás acostumbrado a comprar ropa de mujer?

–Mi ayudante tiene un gusto excelente y un conocimiento enciclopédico de las mejores boutiques.

El comentario le recordó el patético estado de su cuenta bancaria. Con su pequeño salario apenas cubría gastos en Rotumea y, en Nueva Zelanda, sería calderilla.

–No puedo comprarme un vestuario nuevo.

–Usa el dinero que te ha dejado Tom.

–No lo quiero. Vivir en Rotumea es barato y puedo vivir con lo que gano...

–Pasarás algún tiempo viajando conmigo –la interrumpió Luc.

–¿Por qué? Tom sabía lo que el negocio significaba para mí. No puedo creer que quisiera que lo abandonase para irme contigo.

Luc rio, una risa fría, irónica.

–Bienvenida al mundo del dinero, Joanna –le dijo, levantando su copa–. El testamento indica que cuando tenga que ir a algún sitio interesante para ti, debo llevarte conmigo.

–¿Interesante en qué sentido?

–Para tu negocio, por supuesto. Tom disfrutaba del poder y seguramente le divertía la idea de obligarnos a hacer lo que él quisiera. Así que, brindemos por su memoria –Luc tomó un sorbo de champán y dejó la copa sobre la mesa.

–Tom no era así –replicó Joanna.

–Entonces, ¿por qué lo hizo?

Esa era la pregunta que Jo había estado haciéndose desde que el abogado le dio la noticia, y los meses que quedaban por delante le parecían un purgatorio.

«Sé razonable», se dijo a sí misma.

–No sé por qué lo hizo, pero imagino que tendría sus razones. Tom no era un hombre impulsivo, pero no podemos preguntarle, de modo que es inútil especular. A mí me disgusta la situación tanto como a ti y lo más sencillo es ir día a día, intentando no molestarnos demasiado el uno al otro.

–Desde luego –asintió él, con una nota de ironía en su voz–. Desgraciadamente, tendremos que compartir nuestras vidas durante los próximos seis meses y eso significa que no podremos evitarnos... a menos que tú rechaces tu parte de la herencia.

En ese momento, nada, absolutamente nada, hubiese satisfecho más a Joanna que decirle que podía quedarse con su dinero.

Por desgracia, no podía hacerlo.

–Pero no vas a hacerlo, ¿verdad? –siguió él.

Jo estiró la espalda y se enfrentó a su cínica mirada.

–No, no voy a hacerlo. Tom me hizo un préstamo y la única manera de pagarlo es aceptar los términos del testamento.

–Si vendieras el negocio, seguramente podrías pagar el préstamo.

–Cuando abrí el negocio le prometí a la gente de Rotumea que nunca lo vendería. Estoy usando sus conocimientos y sé que ellos han puesto su corazón en el negocio.

–Eso es muy noble por tu parte.

–¿Y tú? –le preguntó Jo, con tono desafiante–. ¿Qué has hecho tú para que Tom pueda chantajearte?

–Eso no es asunto tuyo –replicó Luc.

Ella se encogió de hombros.

–La razón por la que yo estoy dispuesta a aceptar tampoco es asunto tuyo, pero te la he contado. No me gusta discutir, y la idea de pasar los próximos seis meses peleándome contigo no es muy agradable... –entonces se le ocurrió algo–. ¿Por qué no te haces cargo del préstamo? Así podría pagarlo como se lo estaba pagando a Tom y no tendríamos que vivir juntos durante seis meses.

Él se quedó en silencio unos segundos y cuando respondió fue con un decisivo monosílabo:

–No.

–Pero de ese modo no me quedaría con el dinero de Tom y no tendríamos que soportarnos.

–No –repitió Luc–. Tom quería dejarte ese dinero y debemos respetar ese deseo.

–Entonces, ¿por qué no aceptar la situación e intentar que sea lo menos incómoda posible? ¿Tan difícil sería eso?

Los dos se quedaron callados; un silencio tenso y expectante, tanto que Jo sintió la tentación de romperlo.

–Muy bien, al menos yo lo he intentado –dijo por fin.

–¿Estás sugiriendo que nos llevemos bien? –preguntó Luc.

–No creo que sea tan insensato.

–Debo estar perdiendo la cabeza –dijo él entonces–. No suelo ser tan obtuso –añadió, con mirada seria.

Parecían estar hablando de cosas diferentes, pensó Jo.

–No sé qué quieres decir.

–Yo creo que sí, pero deberías haber hecho la proposición de forma más clara –Luc alargó una mano para tocar su cuello.

Jo entendió entonces lo que quería decir y abrió la boca para explicar que ella no le había hecho ninguna proposición, pero el roce de su mano despertaba un secreto deseo...

–¡No! –exclamó.

–¿Por qué no? –preguntó Luc. No parecía enfadado. De hecho, casi parecía divertido. Acariciaba su cuello suavemente con las yemas de los dedos, provocando escalofríos por todo su cuerpo–. ¿Por qué no, Joanna?

Jo no iba a decirle que su experiencia con el sexo era limitada.

–Porque, a pesar de lo que tú piensas, yo no suelo acostarme con cualquiera.

–Puedo prometerte una cosa: yo no soy cualquiera –dijo Luc, con voz ronca.

Y luego la tomó entre sus brazos.

Nada de lo que Jo había experimentado en su vida

la había afectado como el roce de los labios de Luc MacAllister.

Un beso que detonó una respuesta involuntaria, ardiente como el fuego, dulce como la miel, fiera como la presión de su boca. Cuando se le doblaron las rodillas, Luc la sujetó, tan excitado como ella.

Como si supiera de su vulnerabilidad, buscó sus labios de nuevo, exigiendo una respuesta. Y luego levantó la cabeza, murmurando algo con voz ronca antes de dar un paso atrás.

Jo experimentó cierto resentimiento ante la abrupta transición. Afortunadamente, el sentido común hizo su aparición en ese momento y, sujetándose al respaldo de una silla, lo miró con gesto desafiante.

–Lo siento –se disculpó Luc.

El corazón de Joanna latía con tal fuerza que no podía escuchar el ruido de las olas golpeando el arrecife. Cuando sacudió la cabeza, descubrió que su pelo había escapado de la coleta...

Por culpa de Luc, que lo había acariciado. Pensar eso provocó un insidioso temblor de algo parecido al placer.

–Di algo –insistió él.

–No sé qué decir.

Estaba furiosa, avergonzada. De nuevo se había dejado llevar por el hechizo de sus besos y se despreciaba a sí misma porque las brasas de esa desesperada sensualidad seguían encendidas dentro de ella.

Pero el beso había sido un arrogante acto de poder, reforzado por su propia respuesta. Luc MacAllister no tenía derecho a pensar que estaba proponiendo una aventura ni a besarla de ese modo.

¿Por qué no lo había empujado en lugar de derretirse entre sus brazos?

Porque no tenía defensa contra su hipnótica masculinidad, ni contra el deseo que había despertado en ella.

–Tú sabes que yo no soy cualquiera. Hemos sido conscientes el uno del otro desde el primer día. ¿Vas a negarlo?

Jo respiró profundamente.

–Eso no tiene nada que ver.

–Tiene todo que ver. Te he deseado desde que te vi aquella noche, en el resort, y tus besos me dicen que sientes lo mismo. Como a ti, me desagrada la idea de estar discutiendo durante los próximos seis meses, así que sugiero una manera mucho más agradable de pasar el tiempo.

Casi hacía que pareciese algo razonable. Y, en su mundo, seguramente lo era. Luc MacAllister debía de acostarse con cualquier mujer a la que desease.

Jo luchó contra el deseo de dejarse llevar y explorar un mundo nuevo...

Afortunadamente, el instinto de supervivencia le advirtió que convertirse en la amante de Luc MacAllister sería muy peligroso.

Nunca volvería a ser la misma.

De modo que dijo:

–No es eso lo que quiero. Y, cuando he sugerido encontrar una manera de llevarnos bien, no estaba sugiriendo que tuviésemos una aventura.

–En ese caso, no hay nada más que decir. Te pido disculpas por haber malinterpretado tus palabras. No volverá a pasar, ¿de acuerdo?

Luc le ofreció su mano y Jo vaciló antes de estrecharla, temblando al rozar su piel.

–De acuerdo –dijo con voz ronca. Seis meses. Solo serían seis meses–. ¿Por qué tenemos que irnos mañana? –le preguntó.

Luc frunció el ceño.

–Tengo una reunión en Auckland mañana por la tarde.

Aunque parecía acostumbrado a que la gente se doblegase a sus deseos, ella no estaba dispuesta a hacerlo.

–Es imposible que llegues, a menos que la reunión sea muy tarde.

–Iremos en un jet privado y saldremos a las ocho de la mañana. Por cierto, acaban de decirme que pasado mañana hay una cena en honor a Tom, organizada por una asociación benéfica por la que él sentía gran aprecio.

–¿Y bien?

–Aparentemente, él quería que estuvieras allí –dijo Luc–. La intención es recaudar fondos para un hospital infantil.

A Jo no se le ocurría nada peor que ir con Luc MacAllister a esa cena.

Día a día, se recordó a sí misma con resignación.

–Muy bien, pero no puedo dejarlo todo así, de repente. Tengo que organizar mi tienda, la fábrica y encontrar a alguien que cuide de la casa.

–Tienes tiempo. Además, solo serán unos días.

–¿Unos días? Podrías haber dicho eso desde el principio.

–No me has dado oportunidad –replicó él, sarcástico–. No creo que sea tan complicado.

Jo lo miró en silencio durante unos segundos.

–No –admitió–. Pero si vuelve a ocurrir, necesitaré tiempo para organizarme.

–Es muy importante para mí estar en Auckland mañana. Te lo hubiera dicho antes, pero acabo de enterarme.

–La llamada de teléfono –observó ella.

–Exactamente.

Parecía tener una buena razón para volver a Nueva Zelanda lo antes posible, pero, si iban a pasar juntos los próximos seis meses, debía aceptar que no era una niña a la que pudiese dar órdenes.

–Muy bien, estaré lista mañana a las ocho.

Más tarde, a solas en su habitación, Jo se dejó caer sobre la cama, intentando controlar su nerviosismo. Luc MacAllister la había besado y ella, debía admitirlo, había estado a punto de explotar de deseo.

Nunca en su vida había experimentado algo así. No era virgen. De hecho, había esperado que su única relación seria acabase en matrimonio. Había amado a Kyle y le dolió en el alma cuando descubrió que le había sido infiel.

En la cama se habían llevado bien, pero nada que ver con lo que había sentido al besar a Luc...

Era una sensación nueva, arriesgada, peligrosa, un torrente de deseo que había ahogado por un momento su sentido común.

Conteniendo un gemido, luchó contra el deseo de meter sus cosas en una maleta y salir corriendo.

«Piensa», se dijo a sí misma. «Usa la cabeza».

Por alguna razón, Tom había creído que sería bueno para ella pasar seis meses con su hijastro. Y había hecho todo lo posible para que no pudiera rechazar la herencia.

De modo que tendría que apretar los dientes y soportarlo sin rendirse al deseo que había desarrollado de repente por Luc MacAllister.

–No va a ser fácil –murmuró, irónica.

Apenas pudo pegar ojo esa noche, su sueño lleno de imágenes eróticas que se esfumaron en cuanto despertó.

Estaba desayunando en la terraza cuando apareció Luc en bañador.

–Buenos días –lo saludó, negándose a mirar su cabello despeinado o las gotas de agua que se deslizaban por sus hombros.

–Vuelvo enseguida, voy a cambiarme.

El corazón de Jo se aceleró de nuevo cuando reapareció, con un pantalón vaquero y una camiseta de manga corta. Unas prendas tal vez elegidas por su ayudante o su madre. No, su madre había muerto años atrás. ¿Una amante tal vez?

Alguien que lo conocía bien porque el color de la camisa hacía juego con sus ojos.

–Tenemos que hablar –dijo Luc entonces, sin preámbulos.

–Cuando hayas desayunado. ¿Quieres café?

–No tienes que atenderme, puedo hacer café yo solo. Y también puedo cocinar.

–Es una costumbre –dijo Jo–. Solía preparar el desayuno para Tom, así que lo hago de manera automática.

En realidad, necesitaba hacer algo. Aunque le iría mejor una ducha fría, supuestamente un café te mantenía alerta. Además, así podía apartarse de él.

Había pasado la mitad de la noche diciéndose a sí misma que podría soportar la descarga de adrenalina que la emboscaba cada vez que veía a Luc, pero, cuando estaba con él, no tenía defensas.

–En fin... –empezó a decir, levantándose– necesito café y ya que voy a hacerlo, lo haré para los dos.

No sirvió de nada porque Luc la acompañó a la cocina y, mientras ella organizaba el café, él hizo el desayuno.

Con una taza en la mano, se acercó a la veranda para mirar un pájaro que saltaba de rama en rama.

–¿Que pájaro es ese? –escuchó la voz de Luc a su espalda.

Jo se volvió, pero estaba más cerca de lo que había pensado y se quedó sin aliento durante un segundo.

Haciendo acopio de fuerzas, se volvió para mirar al pájaro, que se había posado sobre un hibisco.

–Es un estornino nativo.

El pájaro salió volando de repente, sus graznidos de alerta advirtiendo a los demás pájaros de una amenaza. Antes, solía divertirle la propensión del estornino para el drama.

En aquel momento, sabía exactamente cómo se sentía.

Amenazado.

–Son una especie protegida. Tom y los jefes de los clanes estaban intentando salvarlos. Desgraciadamente, eso significa matar a las palomas que llegaron aquí hace un siglo. Y a la gente de Rotumea le gusta comer palomas... las llaman «el pájaro de las nanas». Por desgracia, los estorninos solo pueden producir ese agudo graznido.

Hablaba por hablar y casi fue un alivio cuando Luc dijo:

–Estoy seguro de que a Tom no le importarían las palomas. No le gustaba perder y los dos sabemos que era muy competitivo.

Desde luego. Habría sido inútil preguntarle el porqué de esa absurda condición en el testamento, pero una cosa era segura: debía tener un motivo.

Y había otra certeza: ni ella ni Luc sabrían nunca cuál era ese motivo... a menos que Luc MacAllister ya lo supiera.

–¿De verdad no tienes idea de por qué Tom hizo esto?

La expresión de Luc se endureció.

–Ni idea, aparte de lo que sugerí ayer: la determinación de tenernos bajo su yugo incluso después de muerto.

Capítulo 5

JO SACUDIÓ la cabeza.

–No puedo creer eso de Tom –dijo, convencida.

Tal vez no era así con ella, pensó Luc.

Pero no lo dijo en voz alta. Por alguna razón, lo irritaba aceptar que había sido la amante de Tom. Y más aún que ella quisiera hacerlo creer que sentía algo por su padrastro.

Pero lo que de verdad lo enfurecía era que sus besos casi lo hubieran convencido de que sentía auténtico deseo por él.

Claramente, Joanna Forman era una maestra.

Bueno, Tom siempre elegía lo mejor.

–¿Has hecho la maleta? –le preguntó abruptamente.

–Sí –respondió ella, con la misma sequedad.

Mientras iban al aeropuerto, Luc se dedicó a charlar con el conductor, ignorándola por completo. El sol tropical destacaba sus anchos hombros y su arrogante perfil...

¿Por qué la excitaba tanto aquel hombre?

«Olvídate de ello y lo antes posible», se ordenó a sí misma, mirando distraídamente los arbustos de frangipani que rodeaban la carretera.

«O enfréntate con la verdad».

Luc MacAllister conseguía algo más que excitarla,

hacía que le hirviese la sangre y que su mente se llenase de imágenes eróticas. Solo con recordar el beso sentía...

Tenían que establecer algunas reglas, decidió. La primera era evidente: nada de besos. Le gustaba demasiado.

No, era más que eso. No encontraba palabras para describir lo que Luc MacAllister la hacía sentir.

Y no iba a intentarlo siquiera. Recordar su debilidad era estúpido y arriesgado.

El jet privado fue una revelación y una distracción a la vez. Jo intentó no quedarse mirando como una niña ante el escaparate de una pastelería.

Le sorprendía que el interior fuese tan ostentoso porque Luc no parecía ese tipo de hombre

–No te gusta –dijo él.

–¿Tiene que gustarme?

Luc sonrió.

–No es mío. Lo he alquilado porque es rápido y seguro, no por la decoración. Ponte el cinturón, estamos a punto de despegar.

Jo vio cómo Rotumea se alejaba, una gema brillante en medio de un océano de color turquesa, sintiendo una mezcla de emociones, en parte anticipación, en parte congoja.

«Adiós, Tom», pensó, antes de regañarse a sí misma por ponerse tan dramática.

–¿Qué te ocurre? –le preguntó Luc.

–Nada –respondió ella, deseando que no fuese tan perceptivo.

Luc le ofreció una revista de moda.

–¿Solo hay revistas de moda?

–Creo que incluye buenos artículos –respondió él, burlón.

–Ah, bueno, entonces...

En las páginas de sociedad, Jo se encontró con una fotografía inesperada. Allí estaba Luc, elegantemente vestido en una fiesta, al lado de una guapísima pelirroja.

Su prometida, según el pie de foto. Atónita, sintió que una garra apretaba su corazón. ¿Cómo se atrevía a besarla estando prometido con otra mujer?

Una mano cerró la revista y señaló la fecha de publicación. Era de un año antes.

–Es muy antigua. Tal vez deberían hacerme una rebaja en el alquiler del avión –bromeó–. Una semana después de hacer esa foto, ella se marchó con el sobrino de Tom. Ahora están casados y esperando un hijo.

–Ah, vaya –murmuró Jo. No parecía muy disgustado por la traición–. ¿El sobrino de Tom? No me lo contó.

–Tal vez pensó que no te interesaría.

O tal vez había pensado que no era asunto suyo. Una vez había mencionado que Luc salía con la hija de un multimillonario italiano y también había comentado las esperanzas de su madre de que Luc se casara con una aristócrata francesa, como ella.

Aparte de eso, no sabía nada de la vida personal de Luc MacAllister.

–Creo que a ti te pasó lo mismo –dijo él entonces.

Jo se puso rígida.

–¿Cómo lo sabes?

–No pongas esa cara. Cuando te fuiste a vivir con Tom hice que te investigasen.

Airada, y un poco asustada, Jo replicó:

–¿Cómo te atreves?

–Como te dije ayer, bienvenida al mundo de los ricos y poderosos. Y, por cierto, tu amante fue un egoísta al hacerte elegir entre tu madre y él.

¿Lo sabía todo sobre ella?, se preguntó Jo, perpleja.

–No le gustaba mi madre.

–¿Por qué?

Porque había creído los cotilleos sobre Ilona y pensaba que era una buscavidas. En su última discusión, cuando Jo mencionó el matrimonio, respondió brutalmente que ninguna mujer con una madre como Ilona Forman podría ser una esposa adecuada para él.

Seguía doliéndole, pero no podía hacer nada.

Jo pasó una página de la revista.

–No se llevaban bien.

Luc se inclinó para sacar una carpeta de su maletín, pero unos minutos después se vio obligado a admitir que no podía concentrarse.

El novio de Joanna seguramente había pensado que su madre era poco razonable al exigir tanta devoción. Cuando era niña, Ilona la había dejado con su hermana mientras ella recorría las pasarelas de medio mundo. Pero al menos le había dejado dinero suficiente para abrir un negocio.

Y tenía que admirar a Jo por ello. Incluso con la ayuda de Tom, y sus consejos, para sacar adelante una empresa de cosméticos y conseguir beneficios había que echarle coraje, creatividad y mucho trabajo.

Y lealtad hacia aquellos que trabajaban para ella.

Aunque no había cambiado de opinión sobre Joanna. Además, en seis meses sería ampliamente recompensada por sus servicios.

Jo vio que Luc fruncía el ceño mientras leía un documento y volvió a mirar la revista, en la que no estaba interesada, alegrándose de no ser la persona que lo esperaba en Auckland.

Poco después, la azafata se acercó con una bandeja de té. Luc lo tomaba como el café, solo y sin azúcar, a ella le gustaba con leche. No se parecían nada, pensó.

En Auckland estaba lloviendo, una suave ducha otoñal que paró antes de que abriesen la puerta del jet. Temblando un poco ante el brusco cambio de temperatura, Jo pasó por los trámites de la aduana antes de subir al coche que los esperaba en la puerta de la terminal.

–Le pediré a Keller que te dé un adelanto del dinero –dijo Luc.

–¿No había ninguna condición para entregármelo?

–No me ha dicho que las hubiera. Si no te ha dicho nada a ti, entonces no hay condiciones.

Jo dejó escapar un suspiro.

–Gracias.

Estaba cansada de verse obligada a hacer cosas que no había planeado hacer y le dolía pensar que Tom le había hecho aquello, que su imagen de él estuviera destruyéndose poco a poco.

–Dale los datos de tu cuenta a Bruce Keller y él se encargará de transferir el dinero –siguió Luc.

Jo se mordió los labios.

–¿Tienes su teléfono?

–Sí, claro.

–¿Dónde vamos?

–A la casa de Tom, en North Shore.

La casa de North Shore era muy diferente a la

casa de Rotumea, aunque también tenía un jardín lleno de plantas frente a una playa en el magnífico puerto de Auckland.

Jo examinó el clásico edificio de dos plantas mientras el coche subía por el camino.

–Tiene aspecto tropical –observó.

Luc la miró de soslayo.

–El ambiente natural de Tom –comentó, mientras el coche se detenía frente a una enorme puerta–. El clima en Auckland es moderado. Imagino que lo recuerdas.

–Sí, claro –dijo Jo automáticamente. Pero no recordaba haberle contado que había pasado su infancia en Auckland.

Por supuesto, si había hecho que la investigaran lo sabría. Debía de haber contratado a algún detective para que hurgase en su «oscuro pasado».

El disgusto que sintió al pensarlo solo fue aliviado al pensar en lo aburrido que debía haber sido el informe.

El sonido de las olas calmó un poco la tensión y, sin embargo, la hizo añorar Rotumea.

Día a día, se recordó a sí misma mientras sacaba su bolsa de viaje del capó. Pero Luc se la quitó de las manos.

–No hace falta. Puedo llevarla.

–Yo también –dijo él.

Joanna se quedó sorprendida cuando un hombre de mediana edad abrió la puerta con expresión seria.

Luc lo presentó como Sanders y ella lo saludó con un apretón de manos, pero el hombre se apartó en cuanto le fue posible.

Aquello no se parecía nada a Rotumea o a la Nueva Zelanda en la que ella había crecido. Tal vez los dos años que había pasado en el trópico la habían convertido en una pueblerina.

Se había acostumbrado a la manera de hacer las cosas en la isla. En una sociedad tan aislada, casi todo el mundo estaba emparentado de una forma o de otra, de modo que no había clases sociales. En Rotumea, Tom había encontrado su sitio, aunque siempre lo habían tratado como si fuera alguien importante.

Y era lógico. Tom era un hombre impresionante, con una fuerte personalidad y una gran inteligencia. En cierto modo parecido a Luc...

–¿Tengo algo en la cara?

La voz de Luc interrumpió sus pensamientos. La había pillado mirándolo como una tonta.

–No, no –murmuró, mirando alrededor para disimular–. Es una casa muy bonita.

–La diseñó Tom.

–No sabía que fuese arquitecto.

–No lo era, pero tenía muchas ideas y trabajó mano a mano con el arquitecto, un tipo llamado Philip Angove.

–He oído hablar de él. Leí un artículo hace poco en el que lo llamaban el verdadero sucesor de Frank Lloyd Wright.

–No creo que le gustase mucho la comparación, pero es un tipo brillante –Luc esbozó una sonrisa–. Tom y él tenían grandes discusiones, pero mi padrastro pensó que el resultado merecía la pena.

–Desde luego.

–Te acompaño a tu habitación mientras Sanders organiza el almuerzo.

Su habitación era grande, con un balcón desde el que podía ver la piscina rodeada de palmeras, una prueba más del profundo amor de Tom por los trópicos. Una amplia terraza rodeaba la piscina y el jardín, con los mismos hibiscos que crecían en Rotumea, pero en lugar del tropical abandono de la isla, aquel jardín tenía una belleza disciplinada.

–El cuarto de baño está ahí –Luc señaló una puerta antes de mirar el reloj–. Sanders servirá el almuerzo en media hora. Si quieres, él puede colocar tus cosas en el armario.

–No, gracias –se apresuró a decir Jo.

Sanders debía estar acostumbrado a hacer esas cosas, pero Jo no estaba acostumbrada a que las hiciesen por ella.

–No hay nada informal en Sanders –dijo Luc, con una sonrisa irónica–. Es británico y tiene ideas muy claras sobre lo que es apropiado y lo que no. Pero te acostumbrarás a él.

Luego cerró la puerta y Joanna empezó a sacar sus cosas de la bolsa de viaje para colgarlas, sonriendo al ver el poco espacio que ocupaban en el enorme vestidor.

Pero una vez duchada y vestida, con una camisa azul clara sobre un pantalón de color marfil, salió al balcón para mirar la piscina. Detrás de los árboles podía ver el mar y, de repente, experimentó una extraña sensación de estar en casa.

Aparte de que el hombre con el que tenía que compartir su vida durante los próximos seis meses la creía una buscavidas, era agradable volver a Auckland.

Y lo que tenía que hacer era alejarse de Luc todo lo posible.

Un golpecito en la puerta hizo que su corazón se acelerase, obligándola a admitir que estaba simplificando sus emociones. Los besos que habían compartido, y la admisión de Luc de que la deseaba, significaban que nunca podría sentirse del todo a gusto con él.

Pero jurándose a sí misma que no iba a perder la cabeza, irguió los hombros antes de abrir la puerta... y su tonto corazón dio un vuelco al ver aquella tentación hecha hombre con un traje de chaqueta que parecía amoldarse a su poderoso cuerpo.

–¿Lista?

–Sí.

Esperaba acostumbrarse a su presencia. Como su madre solía decir, pocos hombres merecían una sola lágrima. Y ella estaba de acuerdo.

El almuerzo fue servido en la terraza y, sin pensar, Jo tomó unas flores de hibisco y las colocó sobre la mesa. Cuando levantó la mirada vio a Luc observándola atentamente...

–Perdona, es una costumbre.

–Me parece bien –dijo él, sin mostrar demasiado interés.

No era la primera vez que comían juntos, pero Jo estaba tensa. Al contrario que Luc, que parecía absolutamente tranquilo.

Comieron como si fueran dos extraños y fue un alivio cuando se marchó a la reunión. Sola en la casa, decidió trabajar un rato, pero la tarde se le hizo eterna y después de cenar Luc no había vuelto todavía.

«Olvídate de él», se ordenó a sí misma, intentando concentrarse en el trabajo... hasta que su ordenador se apagó de repente.

Un golpecito en la puerta alrededor de las diez hizo que levantase la cabeza. Con el corazón acelerado, dejó el irritante aparato y se levantó para abrir.

–¿Ocurre algo? –le preguntó Luc, después de lanzar sobre ella una penetrante mirada.

–Mi ordenador no funciona.

Parecía un poco cansado, su piel tensa sobre las autocráticas facciones, y Jo sintió el impulso de decirle que se fuera a la cama.

–¿Has perdido muchos archivos?

–No, nada. Afortunadamente había hecho una copia de seguridad, pero el ordenador no funciona.

Le habría gustado preguntar qué tal había ido la reunión, pero no se atrevía a hacerlo.

–Deja que le eche un vistazo.

A regañadientes, Joanna se apartó.

–¿Cuántos años tiene este cacharro? –exclamó Luc.

–No lo sé.

–Es normal que no funcione, es una reliquia de los ochenta.

–Posiblemente, pero ha funcionado bien hasta ahora.

Su padrastro hubiera intentado averiguar qué le pasaba, pero Luc se limitó a anunciar:

–Necesitas uno nuevo.

–Lo sé –Jo no intentó disimular su frustración. ¿Por qué tenía que estropearse precisamente en aquel momento?

–Te prestaré el mío hasta que tengas uno nuevo.

–¿No te hace falta a ti?

–No, yo tengo varios. Ah, por cierto, si eras alérgica a algún alimento o si algo no te gusta, díselo a Sanders para que no aparezca en el menú.

–Ya me ha preguntado, antes de la cena. Pero puedo cocinar yo...

–No, en esta cocina no –la interrumpió él, esbozando una sonrisa.

–Muy bien, de acuerdo.

–¿Necesitas algo más?

–No, gracias.

–El ordenador estará aquí mañana por la mañana, probablemente después de que yo me marche a otra reunión, y esta podría durar todo el día. Vete a la cama, pareces cansada.

–Enfadarte con un objeto inanimado es agotador –bromeó Jo–. Buenas noches.

Durmió profundamente, tanto que no despertó hasta las nueve. Sanders apareció cuando bajaba por la escalera.

–El señor MacAllister se marchó hace un rato. Ha pensado que le gustaría desayunar en la terraza.

–Eso estaría bien, gracias –asintió Jo–. Siento haber interrumpido su rutina. Normalmente me levanto mucho más temprano.

–Los viajes suelen afectar a algunas personas.

Las que no estaban acostumbradas a viajar, parecía querer decir.

El ordenador llegó a las diez, con un escritorio y un sillón de trabajo, además de un archivador. Bajo la supervisión de Sanders, todo fue colocado en su habitación como oficina temporal.

Jo comió en la terraza y volvía a su habitación

cuando sonó el teléfono. Sin pensar, levantó el auricular automáticamente.

–Dígame.

–¿Quién es? –exclamó una mujer–. ¿Me he equivocado de número? ¿No es la casa de Luc MacAllister?

–Sí, claro –dijo Jo. Responder al teléfono no había sido buena idea, pensó, especialmente al ver la cara de Sanders, que se dirigía hacia ella para quitarle el teléfono de la mano.

–¿Es usted una empleada? ¿Dónde está Sanders? –siguió la mujer.

–Lo siento, espere un momento.

Joanna se alejó, pero pudo escuchar a Sanders diciendo:

–Desde luego, señorita Kidd. Le daré su mensaje al señor MacAllister.

Fuese quien fuese, la señorita Kidd no tenía modales. Y, además, tuvo que soportar que Sanders le recordase que responder al teléfono era su deber.

–Sí, ya me doy cuenta. Disculpe, ha sido una reacción automática.

El hombre se relajó ligeramente.

–El señor MacAllister quiere que filtre todas sus llamadas, salvo las de su móvil. Le sorprendería saber la clase de gente que quiere ponerse en contacto con él: reporteros y tipos por el estilo –su tono indicaba que los reporteros le parecían reptiles de la peor especie.

–No volveré a hacerlo –le aseguró ella.

–La ayudante del señor MacAllister llegará en media hora para llevarla de compras.

–¿Qué? –exclamó Jo, antes de recordar la conversación que había tenido con Luc en Rotumea.

–Tengo entendido que es para la cena de esta noche –añadió Sanders.

La cena benéfica, claro. Debía admitir que era un alivio que Luc se hubiese acordado porque ella lo había olvidado por completo.

Capítulo 6

LA AYUDANTE personal de Luc resultó ser una mujer muy guapa y elegante. Al principio, Jo pensó que tenía unos cuarenta años, pero después de media hora en su compañía cambió de opinión. Sarah Greirson debía de tener sesenta años muy bien llevados.

Con una mente despierta, un contagioso sentido del humor y un conocimiento enciclopédico sobre las mejores tiendas de Auckland, como Luc le había dicho, hacía que ir de compras fuese una experiencia fascinante.

Además, se había mostrado interesada en su negocio y cuando volvieron a casa Jo subió a su habitación para bajar un minuto después con un frasco de crema hidratante.

–Muchas gracias por todo.

–¿Gracias por qué? –escucharon la voz de Luc, que acababa de entrar.

Jo dio un respingo, sintiendo que le ardían las mejillas.

–Por nada. Quiero saber si le gusta mi producto.

–Si me deja la piel como la tuya, encantada. Gracias, Jo, pienso probarla esta misma noche –Sarah se volvió hacia Luc–. Y gracias a ti por pedirme que la acompañase. Lo hemos pasado en grande y va a estar preciosa esta noche.

–Por supuesto, siempre lo está –asintió él, después de aclararse la garganta–. Tengo unos papeles para ti, Sarah. Vamos a la biblioteca un momento.

Jo se despidió de la mujer y dejó escapar un suspiro mientras salía a la terraza.

«Siempre lo está».

¿Qué había querido decir con eso?

Su corazón se aceleró de nuevo cuando vio a Luc en la puerta que daba a la terraza, mirándola con un brillo burlón en los ojos.

–¿Cansada?

–No, en absoluto. Bueno, sí, un poco. Hacer de modelo nunca ha sido lo mío, especialmente cuando hay gente inspeccionándome como si fuera un trozo de carne y discutiendo mis medidas centímetro a centímetro.

Él enarcó una ceja.

–¿Pero estás contenta con el resultado?

–Es un vestido precioso, igual que los zapatos y el bolso –respondió Jo. Por no hablar del conjunto de ropa interior que Sarah había insistido en comprar–. Tu ayudante tiene muy buen gusto y, afortunadamente, estábamos de acuerdo en el diseño. Tranquilo, no avergonzaré a Tom. Y pagaré por todo cuando tenga acceso al dinero.

La expresión de Luc no se alteró y, sin embargo, Jo sintió un escalofrío por la espalda.

–No tienes por qué hacerlo.

–Por eso me dejó el dinero, para que no fuese una carga para ti. Y, hablando de gastos, tendremos que compartirlos.

–No tenemos que compartir gastos.

Jo abrió la boca para protestar, pero las palabras se quedaron en su garganta cuando Luc puso un dedo sobre sus labios.

Se quedó inmóvil, con el corazón latiendo violentamente dentro de su pecho.

Luc estaba demasiado cerca, sofocantemente cerca. Su cerebro había dejado de funcionar y no podía moverse.

–No necesito que contribuyas a pagar los gastos de la casa.

–Y yo no necesito caridad –empezó a decir Jo, pero se detuvo porque cada palabra era como un beso. Incluso podía notar el sabor de su piel; un sabor masculino, potente.

Luc bajó la mano y dio un paso atrás.

–No es caridad. Quiero algo de ti.

–¿Qué?

–No es lo que tú crees –siguió él, con sequedad–. No necesito comprar o chantajear a una mujer para que se meta en mi cama. Además, solo serán seis meses. Piensa en la recompensa que recibirás cuando todo termine y puedas sacarle la lengua a quien no te guste.

Jo soltó una risita.

–Yo nunca le he sacado la lengua a nadie.

–Los niños lo hacen todo el tiempo.

–¿Tú lo haces?

–Una vez, cuando era un crío. Mi madre me pilló y después de la regañina nunca volví a hacerlo –Luc esbozó una sonrisa–. Ella decía que era una vulgaridad y, aunque yo era demasiado pequeño como para entender lo que eso significaba, supe que era algo malo.

–De modo que eras un buen niño y la obedecías.

–Pues claro –respondió él–. ¿No obedecías tú a tu madre?

–La mayoría del tiempo –respondió Joanna. Su madre era una persona indulgente que compensaba el tiempo que estaba fuera de casa con regalos y cariño–. Bueno, ¿qué quieres de mí?

–Una tregua.

–Creo recordar que yo sugerí una tregua no hace mucho.

–Y tenías razón. La mejor manera de soportar estos seis meses es ignorar que nos vemos obligados a estar juntos por culpa de un capricho de Tom. Debemos seguir adelante con nuestras vidas sin molestarnos demasiado el uno al otro.

Jo se alegraba de que hubiese entrado en razón. Era lo más práctico, lo más seguro.

Y en aquel momento necesitaba seguridad, de modo que asintió con la cabeza.

–Trato hecho.

–Muy bien.

–Nunca he ido a una cena benéfica, ¿qué tengo que hacer?

–No mucho. Servirán un cóctel y luego nos ofrecerán una cena excelente. Y, más tarde, una famosa cómica se encargará de amenizar los cafés –Luc sonrió–. Pero sospecho que ha sido elegida más por su aspecto que por su talento.

Unas horas después, con el pelo recogido en un moño, Jo examinó su imagen frente al espejo. Tenía que agradecer que Luc no le hubiese dado la mano para sellar el trato porque sabía bien cuál hubiera sido la traidora reacción de su cuerpo. Cada vez que la rozaba era como si tuviera champán en las venas...

Iba a tener que superar esa fascinación.

–Solo eres una entre un millón de mujeres que sufre esa misma reacción cuando te mira Luc MacAllister –murmuró, irónica.

Estuvo algún tiempo practicando con las sandalias de tacón, pero no resultaba fácil. Dos años caminando con chanclas no la habían preparado para llevar tacones, y cruzó los dedos para no tropezar durante la cena.

Luc la vio bajar la escalera y pensó que Sarah había hecho un trabajo magnífico. Él prefería su pelo suelto, pero el moño le daba un aire elegante y sofisticado.

El vestido largo, de un tono más oscuro que su pelo, se ajustaba a sus curvas... demasiado, pensó, tragando saliva.

Pero él nunca había sido posesivo en sus previas relaciones. Esperaba fidelidad, pero...

¿De dónde había salido eso? Ellos no tenían una relación y no iban a tenerla.

Siguió mirándola, notando el color en sus mejillas. Caminaba como una reina, con la cabeza alta, la espalda recta.

Tenía el aspecto que a él le gustaba en sus amantes, como si se hubiera vestido para él, como si estuviera lista para él.

Pero la mirada que lanzó cuando llegó al pie de la escalera era retadora.

–Espero que haya merecido la pena gastar tanto dinero.

–Cada céntimo –respondió Luc.

–Te lo pagaré en cuanto reciba el dinero de Tom –reiteró Jo–. Y deberías darle un extra a Sarah, se lo merece.

–No voy a discutir el salario de mi ayudante.

–No estoy hablando de su salario. Pero imagino que sus obligaciones no incluyen ir de compras con tus acompañantes.

Olía de maravilla, un aroma sutilmente sensual que empezaba a hacerle perder la cabeza.

–Incluye lo que yo necesite. ¿Qué tal con los tacones?

–Mal –respondió Jo–. Caminar descalza por la playa no me ha entrenado para esto.

Sus palabras conjuraron una imagen de Jo en biquini, tumbada en una hamaca y, de nuevo, su cuerpo reaccionó con un ansia primitiva que apenas podía controlar.

–¿Quieres que te tome del brazo o prefieres ir sola?

–Odio admitirlo, pero me vendría bien apoyarme en algo.

–En ese caso, úsame como un bastón todo lo que quieras.

Mientras iban hacia el hotel, Luc empezó a hablarle de la asociación benéfica que organizaba la cena.

–Supongo que Tom te lo habrá contado.

–Sabía que apoyaba algunas organizaciones benéficas, pero nunca hablaba de ello.

–Posiblemente pensó que no te interesaría.

–No era la clase de hombre que se jactaba de esas cosas.

–Yo nunca vi a Tom como una persona particularmente sensible –comentó Luc.

–Pues hizo muchas cosas por Rotumea y su gente.

–Podía permitírselo y disfrutaba de sus vacaciones allí.

Jo hizo una mueca.

–¿No te gustaba Tom?

–Fue un buen padrastro, debo reconocerlo. Estricto, pero justo. Hizo lo que pudo por mí, como estoy seguro hizo por los isleños o por cualquiera que trabajase para él.

Parecía estar hablando de un tutor, un profesor, no un padrastro, y Joanna se preguntó por qué. ¿La lucha por el control de la empresa tras la embolia habría dañado tanto su relación?

Cuando llegaron al hotel, fueron llevados a una sala llena de mujeres elegantemente vestidas y hombres con esmoquin. Nadie se quedó mirándolos o, si lo hacían, intentaban disimular. Y, sin embargo, Jo se sentía fuera de lugar. Especialmente cuando una mujer guapísima se acercó a ellos esbozando una sonrisa falsa.

–Luc –lo saludó, besándolo en la mejilla con el aplomo de alguien que estaba acostumbrado a hacerlo.

Antes de que él se la presentase, Jo supo que era la señorita Kidd.

–Natasha, te presento a Joanna Forman.

–Encantada –dijo Jo.

–Lo mismo digo –murmuró Natasha, aunque no parecía encantada en absoluto.

–Natasha Kidd es la estrella de un popular programa de televisión.

–Ah, qué interesante.

–Joanna lleva varios años viviendo en Polinesia, así que no ve la televisión neozelandesa.

–Enhorabuena –dijo Jo–. Espero ver su programa alguna vez.

–Y yo espero que le guste –replicó la mujer, con una sonrisa ensayada–. Debo volver con mis amigos, pero me encantaría charlar contigo más tarde, Luc. Encantada de conocerte, Joanna.

Todo el mundo parecía conocer a Luc. Mientras los camareros circulaban por la sala con bandejas de champán y deliciosos canapés, la gente se acercaba para saludarlo... mirándola a ella como si fuera un insecto raro y exótico.

Luc la presentó a todo el mundo mencionando su empresa de cosméticos y ella se lo agradeció. Incluso empezó a sentirse un poco más cómoda.

Por fin, Luc la tomó del brazo para llevarla a una mesa.

–Lo estás haciendo muy bien –le dijo al oído.

–Tienes muchos amigos.

–No, no tantos. ¿A cuánta gente llamas tú amiga de verdad? No me refiero a conocidos o personas con las que tienes relaciones profesionales. Amigos de verdad, aquellos a los que puedes acudir a cualquier hora con un problema y te perdonan aunque estén en la cama con una amante.

Ella levantó la mirada, sorprendida.

–No tengo ninguno de esos –respondió.

–Entonces, ¿a quién llamas amigo?

–A alguien que me escuche durante una hora sin quejarse cuando una nueva fórmula me provoca un sarpullido –respondió Jo.

Luc enarcó una ceja.

–¿Te pasa a menudo?

–No, solo una vez. Resulta que soy alérgica a algunos de los ingredientes. En realidad, solo se me ocurren tres personas que me escucharían durante más de veinte minutos, así que tengo tres buenos amigos.

–Eres muy afortunada.

–Sí, supongo que sí. ¿Y tú?

–Uno –respondió Luc.

No le sorprendía. No parecía un hombre que confiase fácilmente en los demás y una vida en el mundo de los negocios no aseguraba grandes amistades.

Jo vio a Natasha mirándolos y tuvo un presentimiento. ¿Sería la amante de Luc?

No, aún no. Pero tal vez tenía esperanzas de serlo y la veía como un obstáculo.

La cena fue magnífica y, a pesar de las reservas de Luc sobre la guapísima cómica, resultó ser divertida e inteligente. Sus compañeros de mesa eran interesantes y mantenían a raya su curiosidad, sin hacer preguntas indiscretas. De nuevo, Luc mencionó su negocio y el dinero que se recaudó para el hospital infantil fue más de lo esperado.

Una noche muy glamurosa, pensó Jo. Entonces, ¿por qué se alegraba tanto de que hubiese terminado?

Por suerte, salieron del hotel sin encontrarse con Natasha Kidd. Fuera estaba lloviendo y, mientras miraba el pavimento mojado, Jo pensó en lo íntimo que era ir con Luc en el coche.

–¿Cansada?

–No, en absoluto.

–¿Lo has pasado bien?

–Ha sido... interesante.

Luc esbozó una sonrisa.

–No pareces muy entusiasmada.

Jo se encogió de hombros.

–No conocía a nadie más que a ti, pero todo el mundo ha sido muy agradable, los vestidos eran preciosos y la comida riquísima. ¿Tú lo has pasado bien?

–Más o menos –respondió él, casi como sorprendido por esa admisión.

Y Jo se preguntó por qué.

Pero se olvidó de ello cuando abrió su correo después de ducharse. Un mensaje de Meru, en Rotumea, hizo que su corazón diese un vuelco: *Me pondré en contacto contigo mañana por videoconferencia, es importante.*

Capítulo 7

JOANNA despertó en medio de la noche y se quedó mirando la oscuridad mientras escuchaba el ruido de la lluvia golpeando los cristales de las ventanas. Había soñado algo, no recordaba qué, pero el sueño estaba dominado por la formidable presencia de Luc.

Hasta soñar con los besos de Luc hacía que su pulso se acelerase...

Pero debía pensar en el mensaje de Meru y no en él. Meru era una persona muy tranquila y la urgencia del mensaje dejaba claro que no iba a darle una buena noticia.

La noche parecía interminable, pero por fin se quedó dormida de nuevo y despertó con la luz grisácea que se colaba a través de las cortinas. La lluvia golpeaba con fuerza las ventanas, empujada por una tormenta en el mar.

Era demasiado temprano para llamar a Meru, pero sí podía trabajar un rato, de modo que encendió el ordenador y pulsó el enlace de la empresa... pero no pasó nada. La tormenta tropical seguramente llegaba hasta Rotumea. La isla se habría quedado sin luz y no funcionaban las comunicaciones.

Suspirando, Jo se armó de paciencia. Se ducharía y luego volvería a intentar ponerse en contacto con

Meru, pensó. Pero cuando se dirigía al baño, un estruendo la sobresaltó.

–¿Qué? –exclamó, volviéndose hacia el balcón.

Estaba apartando las cortinas cuando un golpecito en la puerta le recordó que el camisón le llegaba a medio muslo y era demasiado transparente para ser decente.

Justo en ese instante se fue la luz.

–¡Un momento! –gritó, tomando su viejo albornoz de algodón antes de abrir la puerta–. ¿Qué ha pasado?

Un relámpago iluminó el rostro de Luc, sin afeitar, seguido de un trueno que hizo retumbar la casa.

–Parece que se ha caído un árbol –respondió él, entrando en la habitación–. Ahí, frente a la playa.

Jo miró por la ventana. El día anterior, una enorme conífera bloqueaba la vista del puerto, pero en aquel momento podía ver las olas golpeando la playa.

–Era un pino de Norfolk –siguió Luc–. Iré a buscar a Sanders para comprobar si ha provocado algún daño.

–Iré contigo –Jo iba a darse la vuelta, pero él la tomó del brazo.

En ese momento, otro relámpago iluminó la habitación y un trueno como una bala de cañón retumbó un segundo después. Jo se quedó inmóvil y, por un momento, el ruido de la tormenta pareció haber sido tragado por los latidos de su corazón.

–Será mejor que te vistas –dijo Luc, con voz ronca.

–Sí, claro –Jo dio un paso hacia el vestidor, colorada hasta la raíz del pelo.

–Pero no salgas. No hace falta que te mojes.

Su presencia sería una molestia, parecía querer decir.

–Muy bien, pero, si puedo ayudar, dímelo.

–Lo haré –dijo él, antes de darse la vuelta.

Jo entró en el vestidor intentando disimular su agitación. ¿Por qué Luc la afectaba de tal modo?

Apenas había luz, pero a tientas encontró una camiseta y un pantalón vaquero antes de salir al balcón.

Podía escuchar el sonido de una sierra mecánica y había luces rojas en la carretera, tal vez un conductor intentando evitar que pasara nadie mientras cortaban lo que quedaba del árbol.

Los bomberos llegaron poco después, pero los árboles impedían que viera lo que estaba pasando y la persistente lluvia la retuvo en casa, paseando inquieta de un lado a otro e intentando no pensar en el mensaje de Meru.

Media hora después volvió la luz, pero seguía sin haber comunicación con Rotumea y tuvo que contentarse con enviar un correo pidiéndole a Meru que se pusiera en contacto con ella en cuanto fuera posible.

Cuando bajó a la cocina, Sanders la recibió con una sonrisa.

–El desayuno está listo y el señor MacAllister me ha dicho que empiece sin él.

–Muy bien. Pero me había parecido escuchar la voz de Luc...

–El señor MacAllister está quitándose el impermeable, vendrá enseguida.

Unos segundos después, Luc apareció en la cocina con el pelo mojado.

–¿Todo bien?

–No puedo ponerme en contacto con Rotumea –respondió ella–. ¿Qué ha pasado?

–Temía que el árbol hubiese caído sobre alguna

casa, pero afortunadamente no ha sido así. Aunque los vecinos se han llevado un buen susto, han tenido suerte.

–Me alegro –dijo Jo.

Luc frunció el ceño.

–Pareces agotada.

–No lo estoy.

Él alargó una mano para acariciar su cara.

–Esas ojeras y esa palidez son debidas a algo.

El roce de su mano envió un escalofrío de anticipación por su espina dorsal. No podía moverse o pensar en algo que no fuera el rostro de Luc y tuvo que hacer un esfuerzo para salir del trance.

–Es que no he dormido bien.

–Yo tampoco. Me pregunto si será por la misma razón.

Joanna se pasó la lengua por los labios.

–Será mejor que te des una ducha caliente. Vas a pillar una pulmonía.

Luc esbozó una sonrisa.

–Nos vemos después.

Nerviosa, Jo se alejó, esperando que no se hubiera dado cuenta de cómo la afectaba.

Pero ¿cómo no iba a darse cuenta? Luc era un hombre experimentado. Tom le había contado que era un objetivo para las mujeres desde que llegó a la pubertad. Todo en él resultaba abrumadoramente masculino; un hombre que aceptaba la elemental fuerza de su masculinidad, como aceptaba su brillante cerebro y formidable carácter. Pero Luc merecía algo más que ser el objetivo de una buscavidas, merecía una esposa que lo amase...

¿De dónde había salido eso?

Jo sacudió la cabeza, impaciente. Estaba siendo una tonta. La vida sentimental de Luc MacAllister no era asunto suyo y, además, ella tenía sus propias preocupaciones. Cruzando los dedos, buscó refugio en su habitación...

Y dejó escapar un largo suspiro de alivio cuando por fin el rostro de Meru apareció en la pantalla del ordenador.

–¿Qué ocurre? –le preguntó, nerviosa.

Sin preámbulos, Meru respondió:

–¿Conoces a mi primo, Para'iki?

–Sí, claro.

Era uno de los jefes de las familias de Rotumea.

–El consejo ha recibido una oferta por las plantas... mucho más dinero del que pagas tú.

–¿Te han dicho cuánto y quién ha hecho la oferta?

–Sé que es mucho más dinero y en cuanto a quién... –Meru le dio el nombre de una empresa de cosméticos de la que era propietaria una enorme corporación.

–¿Por qué ellos? –preguntó, inquieta–. ¿Por qué quieren hacerse con mi mercado? Ellos fabrican productos de menor valor.

–No lo sé, supongo que quieren ampliar el negocio para otro tipo de mercado.

Joanna dejó escapar un largo suspiro.

–¿Para'iki sabe lo que piensan los demás jefes?

–Nadie lo sabrá hasta que hayan terminado las conversaciones y eso podría durar semanas. No es algo que vayan a decidir enseguida, ya lo sabes.

No, no tomarían la decisión a la ligera. Los jefes tenían que tomar en consideración muchas cosas, aparte de su acuerdo verbal con ella. Tenían que pensar en el futuro de Rotumea y su gente.

–Mi primo me ha pedido que no se lo cuentes a nadie todavía.

Jo tragó saliva.

–No, claro que no.

–También me ha dicho que Tom firmó un documento con ellos cuando estabas abriendo el negocio. ¿Tú sabías eso?

–¿Un documento? ¿Un documento legal quieres decir?

–Creo que debía de serlo. O tal vez no, no lo sé. Pero mi primo cree que estaría bien recordarle al consejo lo que Tom había prometido...

Tom Henderson había hablado por ella durante las negociaciones, pero, que Jo supiera, eso era todo lo que había hecho.

–No sé nada sobre un documento legal. Tom nunca lo mencionó.

–Tal vez deberías buscarlo –Meru parecía tan preocupada como ella–. Tom era muy respetado en la isla, seguramente será un documento importante.

–Lo haré.

El abogado de Tom no le había dicho nada sobre un documento referente a su negocio, pero lo comprobaría por si acaso.

–Muchas gracias por avisarme, Meru. Y dale las gracias a tu primo de mi parte. Todo irá bien para la gente de Rotumea, ya lo verás.

–Pero ¿y tú?

–Yo me las arreglaré –respondió Joanna, intentando fingir una confianza que no sentía–. No te preocupes por mí.

Cuando cortó la comunicación, cerró los ojos un momento.

Pero solo un momento. Luego se levantó, irguiendo los hombros. Preocuparse no iba a servir de nada. Lo que tenía que hacer era concentrarse en mantener su negocio y, en caso de que los jefes decidiesen aceptar la oferta de esa otra empresa, pensar qué iba a hacer con su vida.

Cuando volviese a Rotumea buscaría el documento, si existía, aunque no entendía por qué un documento firmado por Tom iba a cambiar nada.

Lógicamente, la oferta de una enorme corporación sería mucho mejor trato que el que ella podía ofrecer, aunque usara todo el dinero que Tom le había dejado en su testamento. Él le había advertido que apoyarse en un acuerdo verbal era peligroso, aunque los dos sabían que era la práctica habitual en la isla. ¿Ese misterioso documento sería un salvavidas para ella?

Sería desolador tener que renunciar al negocio que había creado y por el que tanto había trabajado en los últimos años.

Un golpe en la puerta interrumpió sus pensamientos. Era Luc, que la miraba con expresión seria.

–¿Qué te pasa? Pareces preocupada.

Ella levantó la barbilla.

–No tiene nada que ver contigo.

–Ah, no quieres contármelo.

–Es algo con lo que tengo que lidiar yo sola.

–¿Tiene que ver con el tipo que te molestó en Rotumea?

Jo tardó un segundo en entender de qué estaba hablando. Sean era solo un lejano recuerdo, alguien sin importancia.

–No, no tiene nada que ver con él. No es nada personal.

–Entonces, se trata de tu negocio –dijo Luc–. Muy bien, está claro que tienes algún problema. Si decides comentarlo conmigo, estoy disponible cuando quieras.

–Gracias.

Ese desconcertante talento para dar una orden y hacer que pareciese un amable consejo la inquietaba, pero iría acostumbrándose.

Si se hubieran conocido como extraños, sin que sus erróneas conclusiones sobre la relación que mantenía con Tom afectasen su actitud hacia ella...

Qué tontería. Si no fuese por Tom, jamás se habrían conocido. Luc MacAllister se movía en círculos completamente diferentes a los suyos. Por no decir que Luc no habría pisado Rotumea.

Le habría gustado que Tom le hubiese hablado más de su hijastro. Entender a Luc la habría ayudado a lidiar con la situación en lugar de tantear en la oscuridad, luchando contra una atracción que estaba destinada al fracaso.

–¿En qué estás pensando? –le preguntó él.

–En nada –respondió Jo–. Bueno, aunque sé que no sirve de nada, no dejo de preguntarme por qué Tom impuso esa condición en su testamento.

–Tom siempre hizo lo que quería y sospecho que no pudo resistirse a la tentación de seguir extendiendo su influencia después de muerto.

Ella lo miró, pensativa.

–Cada vez que hablamos de Tom parece como si hablásemos de dos personas diferentes.

Que idolatrase a su padrastro empezaba a molestarlo de verdad y tuvo que contener el deseo de decirle que no se hiciera la ingenua, que los hombres se portaban de manera diferente con las mujeres con las que compartían cama.

Especialmente si eran jóvenes, guapas y encantadoras.

En su mente apareció una imagen de Jo por la mañana, con el pelo suelto alrededor de la cara. Le gustaría verla con un vestido de seda, algo que se pegase a sus pechos y dejase al descubierto esas largas y elegantes piernas. Se quedó sin aliento al imaginarse pasando las manos por su pelo, girando su cara hacia él para besarla...

Luc se aclaró la garganta.

–Tienes veintitrés años, ¿verdad?

Jo lo miró, sorprendida.

–Sí, ¿por qué?

–Tienes edad suficiente como para saber que los seres humanos presentan una cara diferente a cada persona, según les convenga.

Jo lo pensó un momento.

–Eso es generalizar. ¿Has hecho una investigación?

–Ah, hablas como una científica –Luc esbozó una sonrisa–. No, no he hecho ninguna investigación, pero, si se ha hecho alguna, la encontraré. Estoy hablando por experiencia.

–Una experiencia muy cínica –replicó Jo.

Luc podía entender que Tom se hubiera sentido intrigado por aquella mujer, aparte del evidente atractivo físico, claro. Era un reto y Tom disfrutaba de los retos.

Como él.

–No me considero un cínico. He aprendido a ser cauto en mis relaciones, pero imagino que eso lo hace todo el mundo. Hay que tener cuidado para no meterse en una relación sin antes comprobar que tu pareja espera lo mismo que tú.

Jo hizo una mueca.

–Hablas como si se tratase de un negocio.

–Un matrimonio es un acuerdo comercial.

–Imagino que tu esposa tendrá que firmar un acuerdo de separación de bienes.

–Por supuesto. Muchos empresarios han perdido la mitad de su fortuna por culpa de un divorcio.

–Sí, tienes razón. Creo que yo debería hacer lo mismo. Aunque nunca lo había pensado, es una precaución necesaria.

Luc se preguntó entonces cómo sería Jo enamorada, dispuesta a ofrecerse sin esperar beneficio.

La realidad le dijo que eso no iba a pasar y, además, dudaba que existiera el amor incondicional. Aunque así fuera, una mujer que había mantenido una relación con un hombre cuarenta años mayor que ella era demasiado fría como para enamorarse de verdad.

Jo había mostrado sorpresa al descubrir cuánto dinero había heredado, pero su disgusto por la condición que Tom imponía en el testamento revelaba sus verdaderas emociones. Esperaba que el dinero fuera suyo inmediatamente para gastarlo como quisiera.

Seguramente Tom había querido que la aconsejase

sobre cómo invertir el dinero, pero cuando hubieran pasado los seis meses podría hacer lo que quisiera con él.

Sin embargo, no imaginaba a Jo gastándolo a locas.

Por supuesto, muchas cortesanas habían sido inteligentes inversoras.

–Cualquiera que no firme un acuerdo de separación de bienes antes de casarse es un idiota.

–Lo tendré en cuenta –dijo Jo.

Luc hizo una mueca.

–Estaré fuera el resto del día. ¿Qué planes tienes para hoy?

–Pasaré la tarde con mi amiga Lindy. La conoces, estaba con ella y con su marido la noche que nos conocimos.

Él asintió con la cabeza.

–¿Necesitas un coche?

–No, Lindy vendrá a buscarme.

–Muy bien, entonces nos veremos esta noche.

No paró de llover mientras Jo pasaba el día charlando con su amiga en el apartamento que había alquilado con su marido.

–Solo hasta que podamos dar la entrada para un piso propio –le explicó Lindy, con una sonrisa–. No todo el mundo tiene tanta suerte como tú. ¡Vivir con un magnate en una isla del Pacífico! ¿Cómo es?

–Formidable –respondió Jo, sin pensar.

–¿Arrogante? ¿Da miedo?

–Es arrogante, aunque no presume de nada. Pero sí da un poquito de miedo.

–Y es guapísimo. ¿Vas a probar suerte con él?

–¿Probar suerte?

–Vamos, admítelo, te gusta.

–No es mi tipo –dijo Jo, escondiéndose tras su taza de té.

–Tampoco Kyle era tu tipo, pero te enamoraste de él.

–Y qué error.

–Era un idiota –asintió Lindy–. Divertido y encantador, pero un egoísta redomado. Quería que enviases a tu madre a una residencia...

Jo se mordió los labios.

–Me temo que sí. Mi madre no le importaba nada.

–Y cuando no lo hiciste, se acostó con Faith Holden para castigarte. Sé que sufriste mucho cuando te dejó, pero la verdad es que estás mejor sin él.

–Desde luego que sí –asintió Jo, dejando su taza sobre la mesa–. Pero Luc MacAllister no se parece nada a Kyle... y además no tenemos ninguna relación.

–Pues la otra noche, en el resort, te miraba sin parar. Me di cuenta –insistió su amiga–. Y tú también le mirabas a él.

–Luc sabía quién era yo, por eso me miraba. Además, te miraba más a ti... estabas guapísima esa noche.

–Es lo que pasa cuando estás de luna de miel. Deberías probarlo alguna vez –la risa de Lindy era contagiosa–. En serio, no habrás dejado que Kyle te haga aborrecer a todos los hombres, ¿verdad?

–Claro que no –respondió Jo, ignorando un escalofrío de aprensión–. Pero ahora mismo estoy demasiado ocupada con mi negocio como para pensar en hombres.

–Disfruta de tu estancia con el guapísimo magnate

y no te engañes a ti misma diciendo que no te gusta. A mí no puedes engañarme.

–No me engaño a mí misma y no tengo intención de perder el tiempo. Luc ha tenido un par de aventuras serias, una con una modelo muy famosa, por cierto, y la otra con Mary Heard, la famosa novelista. Evidentemente, le gustan las mujeres muy bellas y yo conozco mis límites.

–Tu eres guapísima y tienes mucho estilo –replicó Lindy, como una buena amiga–. Además, no estoy sugiriendo que te enamores de él, eso sí sería un problema.

–No te preocupes por mí, durante estos seis meses lo único que voy a hacer es soportar a Luc MacAllister como pueda.

–Bueno, pero aunque no te enamores de él, seguro que es fantástico en la cama –insistió Lindy–. No me mires con esa cara, el matrimonio no me ha vuelto ciega a los demás hombres.

Lo que sorprendió a Joanna no fue el comentario, sino una punzada de celos, un sentimiento posesivo que no había experimentado nunca.

Lindy suspiró.

–Algunos hombres poseen un atractivo increíble... y no tienen por qué ser guapos, aunque eso ayuda mucho. Tanto como que sea multimillonario.

–Será mejor que me vaya –dijo Jo entonces.

–Quédate a cenar. Podemos llevarte a casa después.

–No tengo llave de la casa, así que debo volver a una hora razonable.

–Eso no es problema, ya sabes que nosotros nos acostamos pronto. Mi marido se levanta tempranísimo para correr no sé cuántos kilómetros antes de desayunar.

–Tal vez debería llamar a Sanders...

Sanders se tomó la noticia con su habitual seriedad y Jo prometió volver a casa a las once.

–Me ha recordado a mi madre –dijo después.

–¿Luc MacAllister tiene mayordomo?

–Eso parece, pero es la casa de Tom, así que imagino que Sanders era empleado suyo.

–¡Qué maravilla, con mayordomo y todo! –exclamó Lindy.

Un poco antes de las once, Sanders le abría la puerta.

–Buenas noches, señorita Forman.

–Buenas noches. No sé cuándo va a dejar de llover.

–Seguirá lloviendo durante un par de días, según el informe del tiempo. Y mañana habrá una gran tormenta en North Island.

–¿Ha vuelto el señor MacAllister?

–No, ha llamado para decir que llegaría tarde. ¿Necesita alguna cosa?

–No, gracias.

Una vez en su habitación, Jo se duchó y se puso el camisón antes de sentarse frente al ordenador. No había ningún mensaje de Rotumea y, exhalando un suspiro de frustración, apagó el ordenador.

No esperaba ninguna noticia tan pronto, pero le molestaba estar fuera de la isla precisamente en aquel momento. Sin duda, Meru y Savisi estarían llevando el tema con tacto, pero le gustaría estar allí en persona.

«Tom, la que has liado», pensó, acercándose al balcón. Por supuesto, él no podía haber imaginado que otra empresa iba a hacer una oferta, pero la oferta había llegado en el peor momento posible.

Conservadores como eran, los jefes del consejo escucharían a las familias que trabajaban para ella, pero aun así debería estar allí, planeando alguna estrategia.

Entonces recordó su conversación con Meru. El documento...

–¡Por supuesto! –exclamó, cerrando las cortinas.

Si Tom había escondido algún documento, ella sabía dónde: en el viejo baúl chino donde guardaba su precioso whisky.

Le había enseñado un panel secreto una vez, riendo cuando Jo mostró su decepción al ver que no había nada en su interior.

Tal vez era allí donde había escondido el documento.

Esa noche no pudo dormir. Las horas se alargaban de manera interminable y, por fin, decidió bajar a la biblioteca para buscar un libro. Había novelas, biografías y libros de historia y eligió uno de estos últimos. Subió la escalera de puntillas y estaba abriendo la puerta del dormitorio cuando oyó un ruido a su espalda.

Luc estaba a un metro de ella, con un traje de chaqueta oscuro. Tenía un aspecto magnífico y... vagamente amenazador. Sintiéndose un poco tonta, Jo tragó saliva.

–Hola. Había bajado a buscar un libro.

–¿Y has encontrado lo que buscabas? –le preguntó él, con expresión helada.

Capítulo 8

LA VOZ de Luc era más ronca de lo habitual y la miraba de un modo que casi la asustó.

«Sal corriendo».

Como si fuera un escudo, Jo se colocó el libro sobre el pecho.

–Sí, gracias.

Su corazón latía con tal fuerza que estaba segura de que Luc podía oírlo y, cuando puso un dedo en la base de su garganta, pensó que se le iban a doblar las rodillas.

–¿Tienes miedo?

Jo negó con la cabeza.

–¿De ti? No, claro que no.

–Me alegro.

Si hubiese detectado una nota de arrogancia en esas palabras, se habría apartado, pero parecían salir de lo más profundo de su garganta, cargadas de deseo, como si también él hubiera estado luchando contra sus sentimientos desde que sus miradas se encontraron en medio de la noche tropical.

«Es demasiado pronto», le decía una vocecita. Pero, por una vez, Jo no estaba escuchando, no quería hacerlo. Todo su ser concentrado en el dedo de Luc, que se deslizaba por su garganta hasta llegar al primer botón del camisón.

Jo respiraba agitadamente, su sangre ardiendo, las sensaciones catapultándola a un sitio donde no había estado antes.

El deseo que sentía era capaz de hacerle olvidar todo lo demás: su sentido común, su instinto de supervivencia. Y no intentó engañarse a sí misma como había hecho con Kyle. Aquello no era amor. No esperaba de Luc más que deseo, una pasión embriagadora e intensa. Nada más.

Y él era lo bastante experto como para verlo en sus ojos.

–¿Esto es lo que quieres, Joanna? –le preguntó, con voz ronca, el sutil aroma masculino abrumando sus sentidos.

Jo intentó llevar oxígeno a sus pulmones.

–Sí –respondió por fin.

Luc inclinó la cabeza para besarla y ella se rindió. La besaba como si estuviese loco por ella, como si la hubiera deseado durante años y por fin pudiese hacerla suya.

Y ella le devolvió el beso, disfrutando de la fuerza de su abrazo, de la sensual magia que hacían juntos.

Pero entonces Luc se apartó unos centímetros para preguntar:

–¿Tomas la píldora?

Sorprendida, ella lo miró a los ojos.

–No.

Luc murmuró algo ininteligible antes de soltarla.

–Yo no tengo preservativos.

Jo se quedó inmóvil mientras oía la lluvia golpeando los cristales, un sonido cargado de dolor, soledad y frustración.

–Entonces, buenas noches.

–Joanna...

Ella sacudió la cabeza mientras intentaba abrir la puerta de su habitación.

–Vamos a dejarlo así.

Pero la puerta no se abría y dio un respingo cuando la mano de Luc cubrió la suya. La puerta se abrió por fin y él dio un paso atrás.

Temblando, Jo entró en el dormitorio, intentando decir algo que rompiera la tensión, pero no se le ocurría nada.

En la oscuridad, Luc parecía más alto, casi como la imagen de un sueño.

–No pasa nada. Puedo contener mis bajos instintos, si es eso lo que temes.

–No temo nada –respondió ella. Se negaba a admitir, ni siquiera durante un segundo, que desearía que Luc MacAllister no fuera capaz de controlarse–. Y pensé que eso de los «bajos instintos» había terminado con la era victoriana. Buenas noches, Luc.

La puerta se cerró firmemente, el ruido audible por encima de la lluvia.

Luc se dio la vuelta para ir a su habitación, mascullando una palabrota.

Había sido un estúpido por no preguntarle antes si tomaba la píldora. Y sabía por qué: estaba seguro de que era inmune. Que Jo hubiera sido la amante de su padrastro debería matar su deseo por ella...

Pero cuando la besó, solo podía pensar en hacerle el amor hasta que olvidase a cualquier otro hombre.

¿Habría fingido?, se preguntó mientras entraba en el dormitorio y encendía la luz. No lo creía. Él tenía experiencia suficiente con las mujeres como para saber que la pasión de Jo era real.

El deseo podía fingirse, pero ese delicado temblor que había sentido bajo la mano, el calor de su piel, el latido de su pulso en la garganta... eso no podía fingirse.

Hacer el amor con ella era lo que necesitaba. No era nada personal, solo un instinto primitivo. Llamarlo otra cosa sería darle una importancia que no tenía.

Pero debían convivir durante seis meses y hacer el amor con Joanna sería estúpido por muchas razones...

Luc se acercó a la ventana para mirar la lluvia.

Le gustaría estar en algún sitio salvaje en ese instante, viendo las olas golpear contra un acantilado, por ejemplo.

El recuerdo del rostro de Joanna, de sus seductores labios, hechos para besar, de sus ojos velados por los suaves párpados, la esquiva fragancia de su satinada piel...

El deseo era tan poderoso que tuvo que hacer un esfuerzo para darse la vuelta, con los puños apretados.

Tom le había robado el control de su vida y los seis meses que quedaban por delante eran como una condena. O un viaje a lo desconocido.

«Tom, canalla, ¿por qué demonios me has metido en esto?».

«¿Qué pasaba por tu retorcida mente para redactar ese testamento?».

Cuando Jo despertó había dejado de llover y sus mejillas se tiñeron de color al recordar a Luc excitado apretándola contra su poderoso cuerpo... y los eróticos sueños que había conjurado su mente mientras dormía.

Deseaba a Luc con desesperación, pero acostarse con él hubiera sido un desastre de proporciones gigantescas.

Su cuerpo, sin embargo, no estaba de acuerdo.

Inquieta, se levantó para apartar las cortinas, intentando sentirse agradecida por el control férreo de Luc, que había terminado con los besos.

Respeto no era algo que esperase de Luc MacAllister, pero aparentemente respetaba su decisión de parar.

Y, a cambio, ella le debía respeto por no haber insistido.

Con Kyle había sido diferente. Él había querido sexo casi de inmediato, llamándole «la doncella de hielo» cuando ella se negó. Más tarde se reía del asunto, diciendo que se había enfadado porque la quería mucho y su negativa le había parecido una señal de frialdad.

Y, como una idiota, ella lo había creído. Debería haber imaginado que para Kyle sus necesidades eran lo primero y lo único.

Jo miró el agua azul de la piscina. Trabajar con números era lo que menos le gustaba de su negocio, pero necesitaba esa disciplina en aquel momento porque no solo apartaría los recuerdos de la pasión de Luc, sino que la forzaría a concentrarse en lo que era realmente importante.

Pero, antes de ponerse a ello, llamó a Lindy para pedirle el número de su ginecólogo.

¿Usar la píldora no la haría más vulnerable al poder que Luc tenía sobre ella?

¿Y si volvía a encontrarse en sus brazos? Sería más fácil controlarse si temía un embarazo.

No, eso no iba a pasar. Sabiendo cuánto la afectaba aquel hombre, estaba advertida. Tomar la píldora era simplemente una precaución; algo que haría cualquier mujer sensata y responsable.

Ignorando un traidor aleteo en su estómago, se puso el biquini y se cubrió con un pareo. Algo le decía que el silencioso Sanders no aprobaría que hubiese gente medio desnuda por la casa.

Aquella mansión no tenía nada que ver con la casa de Rotumea, pensó, sintiendo una inesperada punzada de pena. Había sido decorada por un profesional mientras la de Rotumea no estaba decorada en absoluto. Tom sencillamente compraba lo que le gustaba, aunque unas cosas no tuvieran nada que ver con otras.

Joanna suspiró al ver que Luc había llegado antes que ella a la piscina, que cruzaba de un lado a otro con grandes y silenciosas brazadas.

Tan bronceado, con esos largos y poderosos brazos de atleta, era tan atractivo.

–Hola –lo saludó cuando sacó la cabeza del agua–. Parece que hemos coincidido.

La expresión de Luc era indescifrable.

–Saldré en un momento –le dijo, casi como si estuviera haciéndole un favor.

–No hace falta. Hay sitio para los dos.

Él enarcó una ceja antes de lanzarse al agua de nuevo.

Seguramente intentando exorcizar los mismos demonios con los que ella había luchado durante toda la noche; una frustración tan intensa que casi la quemaba.

Jo se metió en el agua y empezó a nadar, decidida a olvidarse de Luc y de los recuerdos de lo segura que se había sentido entre sus brazos.

Y siguió nadando hasta que él apareció a su lado.

–Vamos a desayunar.

–Muy bien.

Mientras entraban juntos en la casa, Luc esbozó una sonrisa.

–No te preocupes, no voy a saltar sobre ti.

–Lo sé –dijo ella, un poco avergonzada.

–Pero actúas como si lo creyeras.

Jo no tenía respuesta para eso.

–Voy a vestirme, bajaré enseguida.

Después de darse la ducha mas rápida de la historia, le temblaban un poco las manos mientras se ponía un pareo y se pasaba un cepillo por el pelo, deseando que no se rizara tan fácilmente. El pareo se pegaba a su húmeda piel, revelando cada curva de su cuerpo...

Bajo el escrutinio de Luc, un atuendo que era normal en Rotumea parecería un intento de seducción.

Suspirando, salió de la habitación con la cabeza alta. Luc estaba a la sombra de un jazmín, bajo la pérgola, hablando por el móvil con expresión seria.

Cuando levantó la mirada, en sus ojos vio un brillo de admiración... o tal vez estaba recordando lo que había pasado la noche anterior entre ellos.

Luc se despidió bruscamente de la persona con la que estaba hablando y dejó el móvil sobre la mesa.

–Vas a tener frío.

–No, me sentaré al sol.

–Muy bien, entonces moveré la mesa. ¿Te has puesto crema protectora?

–Sí –respondió Jo. Su piel estaba en peligro bajo un sol tan inclemente como el de Nueva Zelanda.

–¿Esas pecas no son por culpa del sol? –Luc señaló su nariz.

–No, son una reliquia de mi infancia. Aunque mi madre insistía en que me pusiera crema todo el tiempo y mi tía me obligaba a llevar sombrero, me salieron pecas y aquí siguen.

–Son encantadoras –dijo él–. ¿Cómo consigues tener ese ligero bronceado? Es como si te hubieras puesto un polvo dorado en la cara.

Jo se puso colorada.

–He llamado muchas cosas a mis pecas, pero nunca «encantadoras». De niña, las odiaba. En cuanto al tono dorado... es mi color natural. Y tú sí que tienes suerte, ese color mediterráneo debe de ayudarte a resistir el sol.

–Sí, imagino que sí. Pero también me pongo crema.

Muy civilizado, pensó ella mientras colocaba una servilleta sobre sus rodillas.

Mirándolos, escuchándolos, nadie imaginaría que la noche anterior se habían besado como dos amantes hambrientos.

–Voy a pedirte un favor –dijo Luc entonces.

–¿Qué clase de favor?

–Uno muy sencillo, espero. Quiero que seas discreta. No quiero que divulgues el testamento de Tom o tu relación con él mientras estemos juntos.

Jo frunció el ceño.

–Yo no me avergüenzo de mi relación con Tom. No voy a mentir sobre...

–No te estoy pidiendo que mientas –la interrumpió él–, pero no me gustan los rumores. Sería menos estresante para todos que no hablases con nadie sobre tu relación con Tom o conmigo.

Jo se sirvió cereales y fruta.

–Normalmente, un «sin comentarios» se toma por una confirmación. Si alguien es tan grosero como para preguntar, le diré la verdad: que mi tía era el ama de llaves de tu padrastro y, cuando murió, yo ocupé su puesto. Pero ¿cómo vamos a explicar mi estancia aquí?

–No daremos ninguna explicación. Volveremos a Rotumea en cuanto haya solucionado unos asuntos –respondió Luc–. Por cierto, lo hiciste muy bien anoche.

–No sé qué hice bien.

–Se llama «hacer contactos» y es algo muy útil para un empresario. Tom debió de decirte lo importante que podía ser.

–Sí, me lo dijo. Aunque hubiese preferido una explicación sobre el testamento.

–Siempre fue manipulador y la embolia lo afectó –Luc no intentaba disimular su desdén y Jo tuvo que contenerse para no replicar.

–Tengo que volver a Rotumea para llevar mi negocio. Tom lo sabía y estoy segura de que no habría querido que me llevases de un lado a otro como una maleta.

Luc se echó hacia atrás en la silla.

–Tom era un empresario sobre todas las cosas. Seguramente pensó en los contactos que podrías hacer.

–¿Y qué contactos tienes tú en el negocio de los cosméticos?

–Muy pocos, pero sí los tengo entre las mujeres que usan cosméticos. Las asistentes a la cena, por ejemplo.

–¿Por eso mencionaste varias veces mi diminuto negocio?

–Todo es parte del juego –respondió Luc, sin esconder una nota de cinismo–. Las mujeres a las que tú intentas llegar tienen dinero, frecuentan cenas benéficas y están dispuestas a gastarse grandes sumas de dinero en cualquier producto que les haga parecer más jóvenes.

–Sí, bueno, podrías tener razón. ¿Cuándo volveremos a Rotumea?

–Aún me quedan tres días de trabajo en Auckland. Entonces tendría tiempo de ir al ginecólogo...

–Muy bien. Iré a visitar el spa que compra nuestros productos.

–¿Los vendes en Nueva Zelanda?

–Solo aquí, en un pequeño spa.

–¿Piensas ampliar el negocio?

–En Auckland no –respondió Jo, sin darle más pistas.

–¿No tienes parientes a los que visitar?

Ella negó con la cabeza.

–No, nadie. ¿Y tú?

–Tengo parientes en Escocia y Francia, ninguno aquí desde la muerte de Tom. ¿De verdad no tienes a nadie?

Joanna se encogió de hombros.

–Mi madre y mi tía crecieron en una casa de acogida. Mi padre provenía de una familia muy religiosa que no aprobaba su relación con mi madre y tampoco hubiesen aprobado que tuviera un hijo fuera del matrimonio. Él murió en un accidente de moto cuando iba a verla y su familia culpó a mi madre. Nunca se pusieron en contacto con ella, yo no los conozco siquiera.

–Si son esa clase de gente, estás mejor sin ellos –dijo Luc, muy serio.

–No los echo de menos, pero ya que estoy aquí llevaré flores a la tumba de Tom –comentó Jo–. ¿Y esos parientes escoceses y franceses?

–Mi madre creció en la Provenza, en un *château* medio derruido. Conoció a mi padre, que era guardés de una finca de caza en Escocia, cuando visitaba a una amiga. Se enamoraron, pero ella no podía soportar la vida allí y volvieron al *château*. Yo nací allí, cinco años después. Tras la muerte de mi padre, mi madre se casó con Tom.

Parecía un policía leyendo un atestado y eso no satisfacía la curiosidad de Joanna. ¿La familia de su madre era propietaria de ese *château*?

–Un *château* francés medio derruido, qué romántico.

–Ya no está medio derruido –dijo Luc, tomando un sorbo de café.

–¿Pertenece a tu familia?

–Me pertenece a mí.

Tom le había contado que su madre quería que Luc se casara con una aristócrata francesa, tal vez porque ella misma lo era. ¿Qué habría pensado su familia cuando se casó con un escocés que era el simple guardés de una finca?

Y de Luc, producto de una alianza tan poco ventajosa.

O no. Después de todo, ella no sabía nada sobre los aristócratas venidos a menos.

Y nada de Luc, salvo que besaba como nadie y que su cuerpo se encendía cada vez que lo miraba...

–¿En qué piensas? Tienes una expresión muy interesante –comentó él, burlón.

–Estaba imaginando el *château*.

–Cuando recibas el dinero que te dejó Tom, podrás comprarte un *château* donde te parezca.

–Prefiero verlos de lejos, como una turista. Y el dinero de Tom irá a mi negocio.

–¿Cómo piensas conquistar el mundo de los cosméticos si los ingredientes solo se encuentran en una diminuta isla del Pacífico?

–En realidad, Rotumea es una isla grande –respondió Jo–. Y los ingredientes son especiales, por eso mis productos lo son también.

–¿Qué ingredientes son esos?

–Agua de coco, aceite de coco, esencia de la gardenia de Rotumea –Jo se encogió de hombros–. Mi objetivo es humilde. No tenía pensado conquistar el mundo de los cosméticos, pero cuando lo haga no se lo contaré a nadie.

–Tom te enseñó bien –replicó Luc, sarcástico.

Jo intentó relajar los hombros. Su relación con Tom Henderson había sido estupenda, pero no iba a intentar convencer a Luc de que su padrastro jamás la había tocado, aparte de algún abrazo ocasional.

«Recuerda que ha sacado conclusiones precipitadas sobre ti y estarás a salvo de él», le dijo a su corazón, que se derretía cada vez que Luc MacAllister clavaba en ella sus ojos grises.

–Era un buen maestro. Seguro que a ti también te enseñó muchas cosas.

–No tantas. Según él, aprendería mucho más de mis propios errores.

De nuevo, Jo experimentó una punzada de compasión.

–¿Y fue así?

–Sí, así fue. En eso tenía razón –Luc se quedó pensativo un momento–. Cambió después de la embolia. No mucho, pero hubo algunos incidentes. Tomó decisiones que no hubiera tomado en otras circunstancias... y en un caso en particular casi nos llevó al desastre. El hombre que levantó la empresa Henderson de cero jamás hubiese tomado tal decisión, pero Tom no admitía que pudiese cometer un error.

Ella había conocido a Tom antes de la embolia, pero de niña, cuando iba a Rotumea de vacaciones. Antes de morir había visto algún comportamiento irracional, pero como nadie decía nada había pensado que era normal en él.

Como presidente de una enorme corporación, con miles de empleados que dependían de él, una decisión errónea podría provocar el caos. Tal vez Luc tenía razón al no llevarse bien con él.

Claro que podría estar mintiendo.

Una mirada a sus serias facciones la hizo cambiar de opinión. Luc MacAllister no mentía. Su comportamiento la noche anterior la había convencido de su honestidad además de su formidable autocontrol.

Por supuesto, podría estar intentando ponerla a prueba y no la deseaba de verdad...

Tenía que dejar de especular, se dijo, algo que Tom

le había enseñado. Él lo llamaba «ver las situaciones con claridad y desde todos los ángulos». En los negocios funcionaba bien, pero estaba empezando a pensar que en la vida personal no era tan eficaz.

–No me crees –dijo Luc.

–Sí, te creo. Sé que Tom no reconocía sus errores.

–Al menos era un hombre generoso.

–Lo era, es cierto. Aunque, siendo Tom, siempre quería decir la última palabra. Tú y yo estamos atrapados por esa cláusula y no podemos escapar.

Él esbozó una sonrisa.

–Seguro que eso le daba un malicioso placer.

–Pues yo creo que lo hizo por nuestro bien... o eso pensaba él. Tal vez lo conocerías mejor si lo hubieras visitado más a menudo.

–Durante el último año de su vida apenas teníamos relación. No quería verme desde que me hice cargo de la empresa –dijo Luc tranquilamente–. Y, antes de eso, cuando mi madre se puso de mi lado porque había notado los cambios en él, Tom vio el gesto como una traición. Aunque fingían de cara a los demás, no vivieron como marido y mujer a partir de ese momento.

–Lo siento, no debería haber dicho nada –murmuró Jo.

–Especialmente porque tú eras la razón por la que decidió instalarse en Rotumea y nos prohibió ir a visitarlo.

–¡Yo no tuve nada que ver con eso! –exclamó ella, sorprendida.

Luc se levantó, encogiéndose de hombros.

–Aunque no lo creas, así es. Y yo despreciaba a Tom por usar tal arma contra mi madre.

El frío desdén en su voz hizo que algo dentro de ella se encogiera.

–Eso no es verdad. Yo no tuve nada que ver. Tom siempre hablaba de tu madre con afecto y respeto... y no éramos amantes. La mera idea me pone enferma.

No había emoción en los ojos grises cuando la miró.

–Evidentemente, eso no preocupaba a Tom ni te alejó a ti de él... déjalo, Joanna –Luc hizo un gesto con la mano cuando ella iba a replicar–. Tom no era el santo que tú pareces creer que era. Aunque entiendo la situación. Creo haber dejado claro que tampoco yo soy inmune a tus encantos, así que no puedo criticarlo. Mi madre era de la edad de Tom y, durante sus últimos años, su salud no era buena. Tú debiste de ser como un soplo de aire fresco para él, además de un arma muy conveniente.

Capítulo 9

DE VUELTA en Rotumea, Joanna sacó sus cosas de la bolsa de viaje antes de salir al *lanai*. Los rayos del sol se colaban entre los árboles, tan intensos que parecían barras de oro entre las hojas. Su corazón dio un vuelco al ver a Luc mirando el mar a la sombra de unas palmeras.

Los últimos días en Auckland habían sido tranquilos, pero bajo esa aparente tranquilidad había un caos de emociones. El desdén de Luc le dolía más que la traición de Kyle.

Y enfrentarse con esa verdad la asustaba.

–Creo que deberíamos contratar un ama de llaves. Tengo mucho trabajo y estaré en la tienda la mayor parte del tiempo.

Él asintió con la cabeza, aunque sin dejar de mirar el mar.

–Yo pagaré su salario –dijo luego–. Así no te verás obligada a ofrecerme café o a hacerme la comida. Y seguramente te sentirás más segura.

Jo intentó esconder su angustia. Esperaba, tontamente, que no se diera cuenta de lo vulnerable que era. Cuando Luc la besaba, perdía el control y el sentido común.

Pero antes de que pudiese decir nada, él siguió:

–¿Tienes a alguien en mente para el puesto?

–El director de la fábrica tiene una prima que sería perfecta.

Luc asintió con la cabeza.

–Muy bien, haz lo que quieras. Yo estaré fuera el resto de la tarde.

Jo volvió a la casa y miró el baúl chino. Era el momento perfecto para ver si Tom había escondido algo en el panel secreto.

Con el ceño fruncido, empujó el botón de madreperla... y dejó escapar un gemido cuando el panel se abrió.

–¡Sí! –exclamó, con un gesto de triunfo.

Había varios documentos en su interior y, cuando uno cayó al suelo, Jo lo tomó con manos temblorosas.

Era la copia de su partida de nacimiento.

Se quedó inmóvil al ver el nombre de su padre, desconocido para ella salvo por alguna vieja fotografía.

Su madre solía decir que era un hombre muy guapo. Amable, bueno y divertido. Era mecánico y habían pensado casarse cuando él murió en el accidente. Ilona no sabía que estuviera embarazada y los padres de él le habían prohibido asistir al funeral, pero aunque tenía el corazón roto se alegró de estar esperando un hijo porque de ese modo tendría alguien a quien querer, a quien cuidar...

¿Por qué tenía Tom una copia de su partida de nacimiento?

Otro misterio, pensó, sintiéndose como una intrusa.

Encontró también el documento del que Meru le había hablado, pero no serviría de nada. Solo era una nota de Tom en la que garantizaba que el negocio de cosméticos sería llevado de manera honesta y adecuada.

Jo dejó escapar un suspiro.

La inesperada referencia a sus padres, la posible pérdida de su negocio, todo eso podía superarlo, pero la constante tensión de vivir con Luc la hacía sentir frágil, como si le faltase una capa de piel.

–Olvídalo –se dijo a sí misma.

Encontró también un sobre y, al ver el membrete, Jo frunció el ceño.

Era de un laboratorio de Sídney y, para su asombro, aparecía su nombre. Atónita, leyó el documento que había en su interior y luego, tan nerviosa que no podía controlar el temblor de sus manos, leyó una carta de Tom:

Querida Jo...

Después de leerla intentó levantarse, pero tuvo que agarrarse al respaldo de la silla para mantenerse en pie.

Luc entró en ese momento y, al verla en ese estado, cruzó la habitación en dos zancadas.

–¿Qué ocurre? –exclamó, tomándola del brazo–. Sea lo que sea, cuéntamelo...

–Sé por qué Tom impuso esa condición en su testamento –respondió ella, con voz ahogada.

–¿Qué?

Jo tomó el papel de la mesa.

–Lee esto.

Luc leyó la carta, sus ojos tan oscuros que parecían negros.

–Tom era... tu padre.

–Sí –Jo se llevó una mano al corazón–. Mi madre

vino a Rotumea hace veintitrés... no, veinticuatro años. Cuando mi padre, o el hombre que creyó era mi padre, murió en un accidente.

–¿Cuántos años tenía?

–Dieciocho –respondió Joanna.

–Tom tendría entonces treinta y cinco... fue entonces cuando mi madre le contó que no podía tener más hijos. ¿Por qué no sabía tu madre que estaba embarazada de Tom?

–Imagino que pensó que estaba embarazada de mi padre... Joseph Thompson.

Luc sintió una oleada de compasión.

–Supongo que sí. Si no...

No terminó la frase. Había cometido un gran error con Joanna y no iba a mostrarse grosero también con su difunta madre diciendo que, de haber sabido que Joanna era hija de Tom, le habría pedido dinero.

–Estaba prometida con Joseph Thompson, iban a casarse, pero él murió en un accidente –murmuró Jo–. Solíamos ir a visitar su tumba los domingos para dejar unas flores. Mi madre lo amaba y lo echó de menos durante el resto de su vida. Me llamaba Jo por él...

Luc torció el gesto.

–¿Cómo pudo cometer ese error?

–No lo sé, pero no es posible saber el momento exacto de la concepción y solo había pasado una semana...

Joseph Thompson había muerto una semana antes de que Ilona fuese a Rotumea. Y, según la carta de Tom, intentando consolarla habían terminado juntos en la cama. Pero a Ilona nunca se le ocurrió pensar que Joanna era hija de Tom.

La única hija de Tom y su única heredera.

–¿Te encuentras bien, Jo?

¿Bien? ¿Cómo iba a estar bien? Todo lo que había creído sobre su familia era una mentira. Su padre no había muerto joven, su concepción había sido un accidente desconocido para ella y para su madre...

–Estoy bien.

–Parece como si estuvieras a punto de desmayarte.

–No me he desmayado en mi vida.

–Nadie te culparía si lo hicieras –Luc se volvió para buscar un vaso de agua. Pero necesitaba algo más fuerte. Un café sería lo mejor, tal vez con un poco de alcohol.

De hecho, también a él le iría bien un trago de whisky.

–Parece que Tom no sabía nada cuando eras niña. Lo descubrió más tarde.

–Eso dice en la carta.

–Pero cuando llegaste aquí para cuidar de tu tía, se dio cuenta de tu parecido con su madre y pidió una prueba de ADN sin decirte nada.

–Sí –asintió ella, casi sin voz.

–¿Notaste algún cambio en su actitud hacia ti?

–No, ninguno... bueno, tal vez sí.

–¿En qué sentido?

–Empezó a hablarme de su familia, de cómo había llegado a ser el hombre que era, ese tipo de cosas. Yo pensé que se sentía solo –Jo se llevó una mano al corazón–. Me ayudó mucho cuando abrí mi negocio. Me obligó a hacer un plan de trabajo, lo hablaba todo conmigo, me daba consejos. Incluso invitó a unos amigos suyos a venir, gente a la que respetaba, y me los presentó...

Recordando que no había creído lo que Joanna decía sobre su relación con Tom, Luc se sintió horriblemente culpable.

–La mayoría de ellos pensaría que eras su amante.

–Porque la gente es muy mal pensada, pero Tom siempre se portó conmigo como si fuera... –Jo tragó saliva– como si fuera un padre. Pero ¿por qué lo mantuvo en secreto? ¿Y por qué decidió imponer esa cláusula en el testamento?

–No confiaba en nadie. Y cuando descubrió que eras su hija quiso que te quedaras en Rotumea para saber qué clase de persona eras.

–¿Crees que estaba poniéndome a prueba?

–Por supuesto –respondió Luc. De inmediato, volvió a sentir una punzada de compasión. Jo ya había sufrido suficiente.

Pero tenía que contarle la verdad, algo que Tom debería haber hecho.

–Sufrió una gran decepción con su primera esposa y mi madre se casó con él porque era un hombre muy rico y de ese modo podía mantener el estilo de vida al que estaba acostumbrada. Ella sabía que no podía tener más hijos, pero no se lo contó hasta después de haberse casado porque esperaba que el diagnóstico fuese equivocado. Y yo le arrebaté el control de la empresa. En fin, no tenía razones para confiar en nadie, ¿por qué iba a confiar en ti?

Jo se quedó callada un momento.

–Al menos tuvimos algún tiempo para conocernos. Pensé que se sentía solo y estaba aburrido. Tú te habías hecho cargo de la empresa que él había levantado, así que le divertía mi pequeño negocio. Y, además, tú no parecías sentir el menor cariño por él.

–Tom me importaba mucho –dijo Luc, con sequedad–, pero también entendía su deseo de lamer sus heridas. Rotumea era su escondite y su refugio. Estoy seguro de que disfrutó ayudándote a montar el negocio y que estaba orgulloso al ver que su única hija había heredado su espíritu empresarial.

–Como estaba orgulloso de ti –dijo Jo.

Él se encogió de hombros.

–No creo que me viese nunca como a un hijo.

–Siempre hablaba de ti con orgullo y afecto.

–No tienes que decirme esas cosas...

–Pero es verdad. No le gustó que le arrebatases el control de la empresa, pero estaba orgulloso de lo que habías hecho con ella. Sabía que no era fácil ampliarla sin reducir su valor en el mercado.

Luc esbozó una irónica sonrisa.

–Sí, Tom era así.

–Supo durante dos años que era mi padre, pero no me dijo nada –murmuró Jo, apenada–. Podríamos haber sido una familia de verdad.

Le dolía que no hubiese sido así. Después de todo, las familias aceptaban a sus miembros como eran, sin ponerlos a prueba.

–No sería Tom si no te hubiera investigado.

–Pero él me conocía bien –protestó ella–. Venía a Rotumea al menos una vez al año desde que era niña y, en cierto modo, me vio crecer.

–Te conocía de niña –recalcó Luc, encogiéndose de hombros–. Como mujer, eras totalmente diferente.

–¿Por qué no confiaba en las mujeres?

–Su primera mujer disfrutaba del dinero que él ganaba, pero era una mujer resentida porque siempre estaba fuera de casa y, unos años después, lo dejó por su mayor competidor.

–¿Tuvo una mala experiencia con una mujer y renegó de todas?

Luc sirvió una taza de café antes de responder:

–Imagino que tuvo otras experiencias negativas. Los hombres ricos son un objetivo para gente sin escrúpulos. Seguramente por eso se casó con mi madre, que era una mujer práctica y poco sentimental.

–¿Y qué aportó ella al matrimonio?

Jo lamentó la pregunta en cuanto la hizo, pero ya no podía echarse atrás.

–No lo sé muy bien –respondió Luc–. Mi madre se casó una vez por amor y fue un desastre. Imagino que pensó que su segundo matrimonio debía ser uno de conveniencia y Tom era la elección ideal. Además, se llevaban bien. Era un matrimonio más feliz que muchos que se hacen por amor y acaban desintegrándose.

Sorprendida por su sinceridad, Joanna se dio cuenta de que Luc y ella tenían mucho en común después de todo. Unas madres que habían usado su belleza para asegurar el futuro de sus hijos, por ejemplo.

–Lo entiendo.

–El matrimonio era beneficioso para los dos. Como su marido, Tom pudo entrar en círculos que eran buenos para la empresa y, a cambio, nos mantenía a mi madre y a mí. Reconstruyó el *château* familiar y nunca nos faltó nada.

Pero seguramente había esperado que Tom lo quisiera como al hijo que no tendría nunca, pensó Jo.

¿Cómo habría afectado eso a Luc? Por lo que contaba, sospechaba que tenía la misma actitud práctica que su madre.

–Tom debió de alegrarse mucho al saber que eras su hija –siguió él–. Pero incluso entonces habría querido estar seguro de que podía contártelo. Y no tuvo tiempo de hacerlo.

Jo asintió con la cabeza.

–Tenía buena salud –dijo, con voz estrangulada–. Comía bien, se cuidaba. Pensaba que iba a vivir para siempre.

–Le tenías cariño, ¿verdad?

–Sí –Joanna parpadeó varias veces para controlar las lágrimas–. Es raro, ¿verdad? Fue una especie de padre para ti y una especie de padre para mí, pero nunca supo lo que era ser padre de verdad.

–Fue decisión suya, en cualquier caso.

–Pero ahora... estamos casi emparentados.

–¡De eso nada! –exclamó Luc–. Compartíamos el afecto por Tom, pero nada más. No somos parientes y tenemos que decidir qué hacer con esta situación.

Sus palabras mataron cualquier esperanza. Una esperanza que no debería tener porque enfrentarse a ella significaba aceptar que sus sentimientos por Luc eran más profundos de lo que quería reconocer.

–Lo sé –dijo con voz ronca.

–Primero, debemos pasar por los seis meses de convivencia que Tom estipuló –siguió Luc, con aparente frialdad.

Era cierto, pero ¿cómo? Luc la deseaba, él mismo lo había admitido, pero ella deseaba algo más que una relación física.

Y una mirada a su pétrea expresión le dijo que, incluso sin la barrera de dudas sobre su relación con Tom, no iba a rendirse a lo que probablemente veía como una pasión temporal.

Los seis meses que quedaban por delante le parecían una condena.

–Sí, claro.

–Tómate el café. Luego llamaremos al abogado de Tom para ver si puede aconsejarnos.

–¿Por qué? Tom me dejó suficiente dinero como para vivir bien durante el resto de mi vida y no necesito nada más.

–Eres su hija y tienes derecho a reclamar todo lo que te corresponda.

–No quiero nada más que lo que me dejó. No lo necesito. Si acabo siendo millonaria, lo haré por mi cuenta. Y no pienso impugnar el testamento, no te preocupes.

Luc la miró en silencio durante unos segundos.

–Desde luego, eres digna hija de Tom Henderson.

Se sentía avergonzado. El silencio de Tom y su cinismo lo habían hecho desconfiar de las intenciones de Jo, aunque había terminado admirándola.

¿Admirándola?

Había mucho que admirar en Joanna Forman, pero sus emociones eran mucho más complejas.

Quisiera reconocerlo o no.

Durante las siguientes semanas, Joanna notó un sutil cambio de actitud en Luc. Sin hablarlo abiertamente, habían negociado un sistema para vivir juntos. Ella disfrutaba de su sentido del humor y volvía a casa cada tarde alegrándose de verlo. Su inteligencia la intrigaba y disfrutaba de los raros momentos en los que su acento francés hacía aparición, casi siempre cuando se enfadaba por algo.

Pero la tensión seguía allí, ignorada, controlada, pero nunca enteramente contenida. Luc le había dado a entender que solo sentía deseo físico y ella era demasiado orgullosa como para dejarse utilizar.

Debería sentirse satisfecha de que al menos se llevaran bien y aceptasen la situación.

La vida social los ayudaba. Los jefes de la isla y sus mujeres querían conocer a Luc y, curiosamente, él parecía disfrutar de sus charlas con ellos.

–Para ser un hombre que sabe poco de las costumbres del Pacífico, te adaptas muy bien –comentó una noche, después de despedirse de sus invitados.

Luc la miró, irónico.

–El protocolo existe en todas partes y esta gente es particularmente amable.

Tal vez fuese la agradable noche o tal vez la eterna belleza de las estrellas en el cielo lo que persuadió a Jo para preguntar:

–¿Solucionaste tu problema en Auckland? Si no quieres o no puedes hablar de ello, olvídalo.

–Puedo hablar de ello y confío en tu discreción.

Eso la sorprendió y la hizo sentir un escalofrío de placer.

–Muchas gracias.

–Uno de nuestros ejecutivos había robado cientos de miles de dólares.

–Qué horror. ¿Se gastaba el dinero en los casinos?

–No, eso hubiera sido fácil de solucionar. Su hijo

mayor desarrolló una extraña forma de cáncer y había un tratamiento muy caro en Estados Unidos, pero no tenía dinero para pagarlo, así que lo robó.

–¿Y qué fue del chico?

–Murió –respondió Luc.

–Vaya, qué pena. No es un final feliz.

–Pero llegamos a una decisión que satisfizo a todos.

–¿Incluyendo al hombre que perdió a su hijo?

–Sigue trabajando para nosotros, bajo constante supervisión, y devolverá el dinero.

Eso la sorprendió.

–¿Ah, sí?

–¿Pensabas que iba a despedirlo o llevarlo a los tribunales?

–La verdad es que sí –admitió ella.

–A veces, yo también puedo ser compasivo –dijo Luc–. Es un ejecutivo excelente y ha pagado un precio terrible por lo que hizo: su matrimonio se rompió y tuvo que sufrir la muerte de su hijo. No tenía sentido castigarlo más.

Si no hubiera sabido que nada rompía la fachada de granito que Luc MacAllister presentaba ante el mundo, Jo podría pensar que su comentario lo había afectado.

Cenaban a menudo en el resort, alguna vez con amigos o socios de Luc que iban a visitarlo a la isla. Y con cada día que pasaba se daba cuenta de que quería más, mucho más que su amistad.

Su controlada cortesía la sacaba de quicio y el estrés aumentaba por la lentitud del consejo en tomar una decisión.

Habían aceptado el documento de Tom, pero el primo de Meru permanecía en silencio sobre las deliberaciones.

Entre el miedo al futuro de su negocio y sus sentimientos por Luc, Jo tenía que soportar largas noches en vela, preguntándose si también Luc estaría despierto, pensando en ella.

Seguramente no.

Fue un alivio cuando una tarde la llamó por teléfono para decirle que debía ir a China a una reunión.

–Nos iremos mañana y estaremos fuera cinco días.

–No puedo ir –dijo Jo.

–¿Por qué no? Te gustará Shanghai y los contactos allí podrían ser muy valiosos.

–No puedo irme de Rotumea sin saber si sigo teniendo un negocio.

–¿Qué? ¿Por qué dices eso?

Cuando se lo explicó, Luc murmuró una palabrota.

–Muy bien, entonces debes quedarte. ¿Quieres que me quede yo también?

–No, no –dijo ella, sorprendida por su consideración–. Puede que aún no hayan tomado una decisión. Esperaban haber llegado a un consenso, pero un par de jefes expatriados llegaron de Nueva Zelanda ayer y tienen que dar su opinión.

Pero no hubo decisión en los días siguientes.

–Ha ocurrido algo –le dijo Meru–. No sé qué es, pero parece que aún no han llegado a un acuerdo. Creo que vas a perder, Jo. Lo lamentarán mucho, pero tienen que pensar en todo el mundo, no solo en ti. Y esa empresa promete más dinero y más puestos de trabajo.

–Lo sé –asintió ella, cabizbaja.

–Tiene buena reputación y los directivos están dispuestos a aceptar lo que diga el consejo.

–En fin, no puedo hacer nada.

El día que Luc debía volver a la isla, Joanna despertó tarde. Llevaba fuera menos de una semana y, sin embargo, lo echaba de menos como si hubiera pasado una eternidad. Su ausencia era un vacío que le impedía dormir o funcionar con normalidad.

En unos meses, volverían a su vida normal, ella en Rotumea, él en Auckland. No volverían a verse y no tendría que soportar la angustia de verlo a diario.

El grito de alarma de un estornino hizo que Jo se levantase de la cama. El pájaro era muy dramático, pero algo o alguien estaba en el jardín y era el día que Luc debía volver a casa... no, Rotumea no era su casa, no lo sería nunca.

Sin embargo, se puso un sarong a toda prisa y salió a la puerta emocionada...

Para ver a Luc mirando al estornino, que se movía nerviosamente entre las ramas del hibisco, con una sonrisa en los labios.

Eran un hombre tan... magnífico, pensó. Su pelo brillaba bajo el sol, su bronceado natural acentuado por el sol tropical.

Y ella lo amaba.

Capítulo 10

ESE descubrimiento golpeó a Joanna con la fuerza de un puñetazo, dejándola inmóvil. No era posible. No conocía a Luc lo suficiente como para estar enamorada de él. Había demostrado ser una persona inflexible en sus juicios, autocrática, intolerante y... Joanna se quedó sin adjetivos.

Pero no recientemente, tuvo que reconocer.

Entonces Luc se dio la vuelta, su expresión oscureciéndose al verla.

–Maldita sea, Joanna, ¿por qué no puedes estar vestida y a punto de irte a trabajar?

Ella parpadeó, sorprendida.

Luc se acercó en dos zancadas, deteniéndose a un metro de ella. Parecía cansado, sus arrogantes pómulos más prominentes que nunca, los ojos grises ardiendo.

De repente, emitiendo un gemido ronco que parecía salir de lo más profundo de su alma, la tomó entre sus brazos y Jo no se resistió, derritiéndose contra él mientras dejaba escapar un suspiro de alivio.

–¿Qué ha pasado con el consejo? –le preguntó.

–Siguen hablando, pero aún no han decidido nada.

–¿Cuánto tiempo van a tardar en tomar una decisión?

La apretaba con tal fuerza que podía sentir su excitación y la flexión de sus músculos, como si estuviera intentando controlarse con mano de hierro.

–Luc, déjalo.

–Tú también deseas esto, no mientas. Lo veo en tus ojos cada vez que me miras –su voz era ronca, áspera.

–No quería decir que me soltaras, quería decir que lo dejases estar. No podemos hacer nada.

Él la miró como si se hubiera vuelto loca y luego la sorprendió soltando una carcajada.

–Muy bien, pero solo si tú también te olvidas de ello.

–De acuerdo.

–Si la pasión es mutua, ¿qué tal una rendición mutua?

Jo vaciló un momento.

–Me parece buena idea –respondió por fin.

Él inclinó la cabeza, pero no la besó con ansia, como había esperado. Era un beso suave, una presión dulce que aceleró su pulso. Excitada, se lo devolvió, revelando abiertamente el amor que había florecido dentro de ella de forma inesperada.

Luc levantó la cabeza para mirarla con expresión seria.

–¿Es suficiente?

–No –respondió Jo–. A menos que estés cansado –añadió, cada célula de su cuerpo deseando que no fuera así.

–No estoy demasiado cansado –dijo él, tomándola en brazos como si fuera una niña.

La llevó al dormitorio y se quedó parado un momento frente a la cama antes de dejarla en el suelo para buscar sus labios.

Aquel beso era diferente, mucho más carnal. Y su propia respuesta la sorprendió. El deseo era a la vez delicioso y embriagador, como un canto de sirena.

Cuando Luc levantó la cabeza y dio un paso atrás, el sarong cayó al suelo, una mancha de color coral, dejándola solo con la braguita del biquini.

Luc apretó sus hombros antes de aflojar la presión.

–Eres preciosa, pero ya lo sabes. Y te deseo... también lo sabes desde el día que nos miramos a los ojos en el resort. Y, en este momento, me da igual las razones por las que no deberíamos hacer el amor.

Jo nunca se había sentido tan sensual, tan cómoda. La suave brisa acariciaba su piel, moviendo su pelo, y Luc la miraba como si fuera la única mujer a la que había deseado nunca.

No sabía qué hacer, qué decir. Su expresión debía de denotar el desesperado deseo que corría por sus venas.

–Yo tampoco –dijo sinceramente, levantando una mano para ponerla sobre su hombro.

Luc dejó escapar una risa ronca mientras empezaba a desnudarse y después la apretó contra él como si fuera algo precioso.

Suspirando de voluptuoso placer, Jo buscó sus labios y se rindió a la magia de los sentidos, a la presión de la boca de Luc mientras exploraba la suya, al erótico roce de su piel.

Él la levantó de nuevo para tumbarla en la cama, pero no se tumbó a su lado. Se quedó de pie como un dios pagano, como un conquistador mirando su botín de guerra.

Sin pensar, Jo levantó los brazos hacia él.

Luc no se movió.

Pero no iba a parar en aquel momento, ¿no?

–Estoy tomando la píldora.

Luc esbozó una sonrisa fiera.

–Y esta vez yo tengo protección.

Se tumbó en la cama y la envolvió en sus brazos como si también él hubiera soñado con aquel momento día y noche antes de besar la comisura de sus labios, su barbilla, el pulso que latía en su garganta.

–Sabes a miel –murmuró–. Dulce, rica, deliciosa.

Jo sintió un escalofrío de exquisito placer cuando empezó a morder el lóbulo de su oreja y suspiró lánguidamente cuando siguió besando su hombro, mordiéndolo.

–No sabía... –empezó a decir. Pero no pudo terminar la frase cuando él la mordió de nuevo, un poco más fuerte.

–¿Qué no sabías?

–Que algo... pudiese gustarme tanto –susurró Jo.

–¿Te gusta esto? –Luc volvió a morder su cuello.

–Sí –suspiró ella, volviendo la cabeza para hacer lo mismo mientras ponía una mano sobre su corazón.

Sentía los latidos bajo la palma, la tensión de sus músculos, y experimentó una extraña sensación de poder, de comunión, como si se hubiera creado un lazo entre ellos.

Un gemido escapó de su garganta cuando Luc tiró de la braguita del biquini.

–Ah, sí, te gusta –susurró él, inclinando la cabeza para tomar un pezón entre los labios.

–Luc...

Él levantó la cabeza para mirarla a los ojos mientras deslizaba una mano hacia abajo, trazando la curva de su cintura y sus caderas antes de encontrar los húmedos pliegues de su sexo.

–Sí –murmuró, colocándose sobre ella, probándola suavemente hasta que Jo lo tomó por los hombros, drogada por un deseo que exigía satisfacción.

Ese gesto hizo que Luc perdiese el control. Dejando escapar un gemido ronco, empezó a empujar con fuerza, profundamente, una y otra vez hasta que la última ola de placer se la llevó tan lejos que pensó que su corazón iba a escapar de su pecho.

Él echó la cabeza hacia atrás, los tendones del cuello marcados, hasta que por fin cayó sobre ella, jadeando.

Joanna lamentó que hubiese terminado y, sin embargo, experimentaba una profunda sensación de paz y contento, como si la experiencia hubiera sido algo más que física, transformada en algo espiritual.

Para ella, pensó, no para Luc.

Pero en aquel momento no le importaba. Era suficiente con abrazarlo mientras sus pulsos latían sincronizados, saborear su peso sobre ella, sus largos músculos relajados, su cabeza sobre la almohada, al lado dc la suya.

–Peso demasiado –murmuró él unos segundos después.

Y antes de que Jo pudiese hacer nada se tumbó de lado y tiró de ella para abrazarla.

«No, no pesas. Creo que he nacido para esto».

Pero no lo dijo en voz alta.

–Si no me muevo pronto, me quedaré dormido.

El amor y la preocupación por él la obligaron a recordar que acababa de llegar de un largo viaje desde China.

–¿No has dormido en el avión?

–No mucho –respondió Luc, saltando de la cama.

Se quedó mirándola un momento, sus ojos grises indescifrables, antes de empezar a vestirse.

Jo se quedó en la cama unos segundos, sin saber qué decir o adónde iba aquello a partir de ese momento. Pero antes de que pudiese decir nada, Luc tomó el sarong del suelo y se lo ofreció.

–Póntelo. Desnuda eres demasiado tentadora.

Jo se lo puso a toda prisa, sintiéndose extrañamente vacía.

–¿Qué ha sido de la empresaria que corría al trabajo al amanecer?

Todo su mundo había cambiado y, sin embargo, no había cambiado nada. Seguían combatiendo el uno con el otro... tal vez habían limado asperezas, pero los bordes seguían siendo cortantes.

–Se ha despistado –respondió, poniéndose colorada–. Me iré en media hora, así podrás dormir todo lo que quieras.

–Jo –la llamó él cuando iba a salir de la habitación.

–¿Qué?

Luc la miró a los ojos antes de decir:

–Pensé que era lo bastante fuerte como para resistirme a la tentación, pero me había equivocado. ¿Estás bien?

Jo intentó sonreír.

–Por supuesto –respondió–. No tengo que decirte que eres un amante estupendo, ¿verdad?

Tuvo que sonreír al ver que las mejillas de Luc se teñían de color.

–Me alegro de que lo pienses. También ha sido especial para mí y... tendremos que hablar cuando vuelvas a casa.

Después de decir eso, se volvió para salir de la habitación.

Su tono había sido amable, incluso cariñoso, pero algo la hacía sentir incómoda y pasó demasiado tiempo esa mañana preguntándose qué era cuando debería haber estado buscando un argumento para que el consejo de la isla no rompiese su contrato con ella.

Fue un alivio cuando Meru llamó a la puerta de su despacho, aunque parecía preocupada.

–Ha ocurrido algo.

El corazón de Jo dio un vuelco. Creía estar preparada para lo que seguramente sería una negativa, pero la angustia que sintió en ese momento fue devastadora.

–¿Ya han tomado una decisión? ¿Has hablado con tu primo?

Suspirando, Meru se dejó caer sobre una silla.

–Sí, pero ha ocurrido algo inesperado.

–¿Qué?

–Ha habido otra oferta.

Joanna no había esperado eso en absoluto.

–¿De quién?

–No lo sé, pero es más alta que la primera. Me temo que no hay nada que hacer.

–En ese caso, haz que tu primo convenza al consejo para que firmen un contrato por escrito, con abogados, y que estipule que se salvarán todos los puestos de trabajo.

Meru la miró, nerviosa.

–¿Qué vas a hacer?

Jo tuvo que tragar saliva.

–No lo sé, tal vez abra otro negocio... en Nueva Zelanda probablemente.

Los ojos de su amiga se llenaron de lágrimas.

–Te echaremos de menos –le dijo, levantándose para darle un abrazo.

Cuando se marchó, Joanna se quedó mirando la pantalla del ordenador.

Todo estaba patas arriba, las bases de su vida temblando. Saber que era la hija de Tom Henderson había empezado el proceso...

No, pensó, decidida a enfrentarse con los hechos. Conocer a Luc había dado comienzo a ese proceso. Había empezado luchando contra una poderosa atracción física, pero luego había ido ganándose su respeto. Enamorarse había sido algo inesperado, una emboscada para su corazón.

Y hacer el amor con él había sellado un giro en su vida.

El final de los sueños y planes para su negocio también era un giro de ciento ochenta grados, pensó, pero de otra forma. Antes de conocer a Luc se habría sentido completamente destrozada por perder su negocio, pero ese inesperado y recién descubierto amor lo cambiaba todo.

¿Por qué en aquel momento?

El amor luchaba contra la precaución, suplicaba, exigía y ella tenía que rendirse.

Jo se levantó para asomarse a la ventana, mirando las copas de las palmeras mecidas por la brisa. El sutil y evocador aroma de las gardenias se mezclaba con el olor del mar.

Cerrando los ojos, tuvo que tomar la decisión más difícil que había tomado en su vida; mucho más difícil que cuando eligió cuidar de su madre a pesar de la amenaza de Kyle de romper la relación.

¿Tendría el valor de creer que Luc podría aprender a amarla?

No parecía que eso pudiera pasar. Todas sus amantes habían sido mujeres bellísimas, pero ninguna de sus relaciones había llegado a ningún sitio. ¿Creería Luc en el amor, el amor incondicional que su madre había conocido, un amor que duraba una vida entera? Porque solo eso la satisfaría.

Estaba segura de que no sería así y no podría soportar algo que no era nada más que una satisfacción carnal. Amando a Luc como lo amaba, tal rendición mataría algo vital en ella.

De modo que no habría más encuentros...

Joanna se apoyó en el alféizar de la ventana.

Haber visto el paraíso para tener que rechazarlo sería un infierno, pero tenía que hacerlo.

Afortunadamente, Luc no estaba en casa cuando volvió. Temblando, se dio una ducha y estaba cerrando el grifo cuando oyó un coche dirigiéndose a la casa. Luc, pensó, su corazón latiendo violentamente.

Esa tonta anticipación murió abruptamente cuando abrió la puerta y vio que no era Luc, sino Sean Harvey, mirándola con la insolente sonrisa que se había convertido en su habitual saludo.

–Hola, preciosa –le dijo, mirándola de arriba abajo–. ¿Cómo va todo?

–Bien, gracias –respondió ella, molesta.

–He oído que has tenido suerte.

–¿Ah, sí?

Debía referirse a la entrevista que había dado al periódico local unos días antes, en la que contaba que uno de sus productos había sido comprado por una prestigiosa tienda de Nueva York.

–Me han dicho que eres la hija de Tom Henderson.

Ella sintió que le ardían las mejillas. ¿Cómo lo había descubierto?

–¿Dónde has oído eso?

–Por ahí. ¿Es cierto?

Jo se encogió de hombros.

–Mi familia es asunto mío y de nadie más.

–Eso es cierto –asintió Sean, su mirada tan fría como la de un tiburón–. Pero ¿por qué no lo admites?

–¿Por qué has venido?

Él esbozó una sonrisa.

–¿El secreto podría tener algo que ver con la mala fama de tu madre? ¿El viejo Tom se avergonzaba de ti?

–Es una pena que tu madre no te lavase la boca con jabón más a menudo –replicó Jo–. No sé por qué estás aquí, pero puedes irte ahora mismo. No tengo interés en hablar contigo.

–¿Y si no quisiera marcharme? Después de todo, tu amante no está aquí y debes sentirte sola, ¿no?

Sin molestarse en responder, Jo cerró la puerta. Aunque no era mucha protección porque la casa tenía pocos muros exteriores.

Por fin, al escuchar el ruido de un motor, pensó que

Sean se marchaba y dejó escapar un suspiro de alivio... pero no era el coche de Sean, sino uno que se acercaba por el camino.

Un segundo después, escuchó la voz de Luc y su tono helado hizo que sintiera un escalofrío.

Cuando abrió la puerta de nuevo, vio a Sean con los puños apretados, a punto de lanzarse sobre él.

–No lo intentes siquiera –le advirtió Luc, cortante.

Aliviada, Jo vio que Sean bajaba los puños y daba un paso atrás.

–Sean se iba. ¿Verdad que sí?

–Entonces, márchate ahora mismo. ¿A qué esperas? –le ordenó Luc.

Harvey esperó hasta que estuvo dentro del coche para decir:

–Todo el mundo en Rotumea lo sabe.

Luego arrancó a toda velocidad, haciendo saltar la gravilla del camino.

Luc se acercó a la puerta, su expresión controlada.

–¿Qué demonios estaba haciendo aquí?

–Sabe que soy hija de Tom y... ¿por qué has intervenido? No es más que un idiota.

–¿Cómo ha descubierto que eres hija de Tom?

–No tengo ni idea y me da igual –Jo dejó escapar un largo suspiro–. No sé por qué se porta de ese modo. Nunca hemos sido más que amigos y ni siquiera eso después de la discusión en el aparcamiento del resort.

La noche que conoció a Luc. Le parecía como si hubiera pasado una eternidad, como si no hubiera vivido antes de conocerlo.

–Te dije una vez que el dinero tiene el poder de cambiar a la gente. Acostúmbrate a la idea.

–Pero yo no he cambiado –objetó ella–. Soy la misma persona de antes...

No terminó la frase porque no era verdad. Había cambiado, pero no a causa del dinero, sino a causa del amor que sentía por Luc.

Él la tomó del brazo.

–¿Qué le has dicho cuando te contó que sabía lo de Tom?

–Que mi familia era asunto mío.

–¿Tú no se lo has contado a nadie?

–No... bueno, sí, se lo conté a Lindy. Pero le pedí que lo guardase en secreto.

–¿Y su marido?

Joanna vaciló.

–No lo sé.

–El matrimonio también cambia a la gente. Tal vez tu amiga pensó que podía contárselo a su marido.

–Bueno, da igual. No importa.

–Pues prepárate. Si ese tipo lo sabe, los medios de comunicación lo sabrán también. Una columnista de cotilleos se ha puesto en contacto conmigo esta mañana y ahora entiendo por qué. ¿Has hablado con tu abogado?

–No, ya te dije que no iba a hacerlo. No es asunto de nadie quién fuera mi padre.

–Pero como única hija de Tom Henderson, tienes derecho a su herencia.

–No, no lo tengo. Aceptaré lo que me dejó, pero nada más. En cuanto a la prensa... bueno, pueden decir lo que quieran. Tarde o temprano se aburrirán de Rotumea, aquí no hay mucho que contar.

Luc asintió con la cabeza.

–Voy a cambiarme. Luego hablaremos.

Diez minutos después, caminando a su lado por la playa, Joanna intentaba controlar una absurda sensación de felicidad que, ella sabía, terminaría pronto.

–¿Por qué no quieres lo que te corresponde? –insistió Luc.

Jo se detuvo para mirar una gaviota que sobrevolaba el océano.

–Si me hubiera dicho que era mi padre, si hubiéramos sido una familia de verdad, tal vez pensaría de otra manera.

–Lo entiendo, pero tú misma has dicho que Tom te trataba como si fuera un tío... o incluso un padre.

–Sí, pero yo nunca sentí que fuéramos parientes. Si Tom me lo hubiese contado, tal vez pensaría que tengo derecho a su herencia. Además, podría haberme nombrado heredera universal y no lo hizo.

Luc se detuvo para mirarla a los ojos.

–Seguramente pensaba hacerlo antes del maldito huracán que lo mató.

–En el Pacífico se llaman ciclones. Y, además, no sabemos si pensaba hacerlo. No quiero nada más, Luc –Jo dejó escapar un suspiro–. Tú mereces la empresa y creo que Tom lo sabía, aunque estuviese enfadado porque ocupaste su puesto en el consejo de administración. Además, eras su hijastro.

–Eso no importa.

–No sé qué truco utilizó para obligarte a respetar esa absurda condición, pero no tenía derecho a hacerlo.

Luc se quedó callado un momento.

–Lo que hizo fue darte a ti el poder de convertir mi vida en un infierno.

–¿Qué? –por un momento, Jo pensó que su corazón había dejado de latir. Demasiadas sorpresas esa mañana–. ¿Qué quieres decir?

–Cuando pasen los seis meses, Bruce Keller te preguntará qué piensas de mí. Tu opinión decidirá si yo dirijo la empresa o no lo hago. No será el fin del mundo si dices que soy el canalla más grande que has conocido nunca. Tarde o temprano conseguiré lo que quiero, pero seguramente la empresa sufriría. De hecho, las acciones perderán valor cuando los accionistas sepan que tú eres la hija de Tom.

–¿Por qué?

–Porque pensarán que va a haber una batalla legal por la herencia.

–Entonces, es por eso... –Jo no terminó la frase.

Acababa de entender por qué Luc había empezado a mostrarse tan agradable con ella. Por qué habían hecho el amor...

Quería controlar el imperio de Tom.

Enferma de desilusión, cerró los ojos. Amarlo sin esperanza de ser correspondida era terrible, pero aquello era mil veces peor.

–Por eso acepté tomar parte en esta farsa –siguió Luc, sin saber lo que ella estaba pensando.

Fuera lo que fuera lo que Tom había pretendido con su excéntrico testamento, no podía destruir la carrera de Luc. Pero ¿cómo podía haberla utilizado de manera tan cínica?

–¿Has decidido que seducirme sería el camino más fácil para conseguir lo que quieres?

–No me digas que lo de esta mañana no ha significado nada para ti –replicó él–. Yo estaba allí, Joanna. Vi tu expresión mientras hacíamos el amor.

«No», pensó Jo, angustiada, «no intentes convencerme con mentiras».

–No quiero hablar de eso.

–Te hice el amor porque no pude evitarlo –siguió él, apretando su brazo–. Y porque tú lo deseabas tanto como yo. No podía pensar en nada más y te aseguro que no tenía ningún plan para seducirte.

–Suéltame –dijo Jo.

Él la soltó y Joanna se dirigió a la casa, angustiada, con Luc pisándole los talones.

–No te preocupes, cuando hayan pasado los seis meses, le diré al señor Keller que eres la persona ideal para dirigir las empresas Henderson.

Luc la examinó, en silencio. Estaba pálida y le temblaba la voz, pero lo miraba a los ojos con gesto retador.

–¿Estás segura?

–Tom ya ha jugado suficiente con nuestras vidas y no quiero vivir obedeciendo sus reglas. A partir de ahora, sugiero que no mencionemos su nombre. Y no te preocupes, intentaré no ser un estorbo para ti.

Estaba cerrando la puerta a cualquier relación y, después de mascullar una palabrota, Luc intentó convencerse a sí mismo de que era lo más sensato.

«Has cometido un grave error».

Creía en su palabra. Sabía que le diría a Keller que él era la persona ideal. Probablemente porque había luchado tanto para mantener su negocio a flote, no por ella, sino por la gente de la isla.

Pero estaba furioso, como si algo infinitamente precioso le hubiera sido arrebatado. Sensato o no, la quería en su cama. Hacer el amor con ella había sido una experiencia fantástica, una que satisfacía una necesidad que no había sabido que existiera.

Si creyese en el amor, casi podría pensar que estaba enamorándose de Jo.

Iba a ser un infierno tener que mantener las distancias, pero la había juzgado mal y al menos le debía eso.

–Muy bien, de acuerdo –dijo por fin, ofreciéndole su mano.

Después de un segundo de vacilación, Jo la estrechó... pero el roce de su piel le recordó sus caricias, el calor de su cuerpo.

Nerviosa, apartó la mano y dio un paso atrás.

–Entonces, está decidido –dijo Luc, controlando el primitivo deseo de tomarla entre sus brazos–. Pero tienes que hablar con tu abogado sobre esto. ¿Tienes abogado?

–El bufete de la isla –respondió ella–. Y no veo ninguna razón para consultar con nadie. Si tú puedes soportar los próximos seis meses, yo también. Después, todo habrá terminado.

Y podremos separarnos, parecía decir.

–De todas formas, habla con un abogado –insistió Luc, mirando su reloj–. Pero, ahora mismo, sugiero que vayamos al resort a comer.

Cuanta más gente hubiese alrededor, mejor. En el resort podría controlar su deseo de besarla hasta dejarla sin aliento.

–No, prefiero comer un bocadillo aquí. Tengo que hablar con los jefes esta tarde para que me digan el resultado de las interminables deliberaciones.

Él asintió con la cabeza.

–Buena suerte.

–Gracias –dijo Jo.

A pesar de todo, le dolió que no se ofreciera a acompañarla. Hubiese agradecido un poco de apoyo moral.

Jo llegó a casa cuando estaba anocheciendo y, aunque Luc vio los faros del coche, se obligó a sí mismo a quedarse donde estaba, en la playa.

Su deseo por ella era tan profundo que apenas era capaz de pensar con claridad. ¿Por qué había sido tan tonto como para revelarle el poder que el testamento de Tom le daba sobre él? Había sido un riesgo innecesario y, sin embargo, era lo más honesto.

Aunque lo que de verdad quería saber era por qué Jo se mostraba tan leal. Por qué iba a ayudarlo a mantener su puesto en el consejo de administración al no impugnar el testamento.

Unos minutos después, vio a Jo paseando por la playa, como si supiera dónde encontrarlo.

–¿Cuál ha sido la decisión? –le preguntó cuando llegó a su lado.

–Ah, qué susto. No te había visto –Jo tragó saliva–. El consejo ha decidido no aceptar la otra oferta.

Los dos se quedaron en silencio durante unos segundos.

–Me alegro –dijo Luc con voz ronca–. Jo, cásate conmigo.

Ella lo miró, incrédula.

–No digas tonterías.

Pero tenía la voz rota. Esperaba que él no hubiese notado ese segundo de emoción. ¿Qué estaba haciendo, qué pretendía?

Luc se encogió de hombros, su expresión indescifrable en la oscuridad.

–Es la primera vez que propongo matrimonio a una mujer, así que probablemente lo habré hecho mal, pero no suelo decir tonterías.

–Pero eso es ridículo –Jo tuvo que hacer un esfuerzo sobrehumano para no dejarse llevar por la emoción–. No tienes que casarte conmigo para conseguir lo que quieres.

–No te lo he pedido por eso.

–Entonces, ¿por qué? ¿Porque te gusta acostarte conmigo? Imagino que también te gustará con otras mujeres.

–Tienes todo el derecho a estar enfadada conmigo –dijo Luc– pero no te he hecho el amor para que te pongas de mi lado.

Ella respiró profundamente.

–No pienso contraer un matrimonio de conveniencia como tu... –no terminó la frase porque había estado a punto de ser horriblemente grosera.

Pero, por supuesto, Luc adivinó lo que había estado a punto de decir.

–¿Como mi madre? Su primer matrimonio fue por amor, el segundo fue una decisión práctica. Y yo no te estoy ofreciendo nada parecido al matrimonio de mi madre con Tom.

–Entonces, ¿qué me ofreces?

¿Y por qué? Porque solo podía haber una buena razón para casarse: amor.

Luc se quedó en silencio unos segundos.

–El nuestro sería un matrimonio entre iguales.

Joanna decidió arriesgarse.

–Creo que yo soy como mi madre. Ella amó a Joseph hasta el día de su muerte... su nombre fue la última palabra que pronunció. A pesar de los rumores que corrían sobre ella, sus relaciones siempre fueron largas y fieles.

–Dime lo que quieres –dijo Luc, con un tono que Joanna no había oído nunca.

–Acabo de decírtelo: quiero casarme por amor, sin límites, sin miedos, con total compromiso y honestidad.

–Cuando hicimos el amor, me lo diste todo, sin límites.

–El deseo no es amor.

–Creo que eso es lo que he estado intentando decirte –Luc no dejaba de mirarla a los ojos–. Me han gustado muchas mujeres y le he hecho el amor a algunas, pero «amor» no es una palabra que use a menudo. ¿Tú sientes algo más que pasión por mí?

–Yo... –Jo no sabía qué decir, pero decidió ser sincera–. Por supuesto que sí. Te quiero, pero eso no es lo que tú quieres escuchar, ¿verdad?

Incrédula, vio que Luc apretaba los puños.

–Yo no puedo decir que te quiero porque no sé lo que es el amor, no tengo experiencia. Pero sí puedo decirte que, a pesar de lo que creía de ti, equivocadamente, te he deseado desde el momento que te vi. Tanto que me sorprendía. Y, a medida que he ido conociéndote, he tenido que reconocer que te admiro porque eres fuerte, valiente, leal y trabajas en algo en lo que crees. Me has obligado a aceptar que no eres la mujer que yo pensaba que eras –Luc sacudió la cabeza–. Admito que jugué con la idea de seducirte para que tuvieras una buena opinión de mí. Quería despreciarte porque pensé que te habías vendido a Tom, pero no podía reconciliar mis prejuicios con la mujer que hablaba de él con tanto afecto, una mujer que cuidó de su madre y su tía enfermas y cuya única preocupación cuando su negocio se ve amenazado es el bienestar de sus trabajadores.

–¿Lo dices de verdad?

–Cada día veía algo nuevo en ti: tu espíritu, tu corazón, tu honestidad. Hasta que dejé de buscar a la perversa buscavidas que creía que eras. Si esto que siento no es amor, te aseguro que es un buen sustituto.

–Pero ¿cuánto durará? –preguntó Joanna, incapaz de articular las dudas y miedos que sentía.

–Durante el resto de mi vida.

Sonaba como un juramento.

Ella intentó hablar, pero las palabras murieron en su garganta cuando sus ojos se llenaron de lágrimas.

–No hagas eso –le ordenó Luc–. Joanna, cásate conmigo y te juro que no lo lamentarás.

Una vocecita le decía que aprovechase la oportunidad, que se rindiera sin reservas, que le dijese cuánto lo amaba, pero solo pudo murmurar:

–Muy bien.

Y después lanzó un grito de sorpresa cuando Luc la tomó entre sus brazos, apretándola con tal fuerza que la dejó sin respiración.

Después de besarla durante unos minutos, se echó hacia atrás y miró alrededor.

–Aunque me encantaría hacerte el amor aquí mismo, hay una canoa con tres pescadores a cincuenta metros. Vuelve a la casa conmigo, Joanna.

Riendo, con los ojos llenos de lágrimas de felicidad, Jo tomó la mano que le ofrecía.

–En dos horas, toda la isla se habrá enterado.

–¿Te importa?

–Ni un poco.

Luc levantó su mano para besarla.

–No podremos evitar a los periodistas. Y habrá rumores... dirán que me he casado contigo porque eres la hija de Tom.

Jo hizo una mueca.

–No me importa.

Él la abrazó, riendo.

–El testamento no será de conocimiento público hasta que haya sido ratificado, así que tendremos un tiempo para prepararnos. Aunque esa cláusula es intocable.

–¿Tú crees que Tom había planeado esto... lo que ha ocurrido entre nosotros?

–No lo sé, pero no me sorprendería. ¿Y a ti?

–Tampoco me sorprendería. Luc, ¿te importa que nos casemos aquí, en Rotumea?

–¿Cuándo?

Ella rio, sintiéndose ligera, libre, feliz y aliviada, como si todo hubiera caído en su sitio. Luc no había dicho que la amase y ella valoraba su sinceridad. Un día, pensó, absolutamente segura, un día se lo diría y entonces sabría que estaba totalmente seguro.

–En tres semanas –respondió–. Eso es lo que se tarda aquí, en el paraíso.

Se casaron en la playa, frente a la casa, rodeados de amigos. Jo llevaba un sarong largo de seda color crema, con flores de hibisco bordadas en oro, un diseño hecho por las mujeres de la isla. Flores de frangipani del mismo color en el pelo y unas sandalias con las mismas piedrecitas brillantes que adornaban el bolero. Y, por supuesto, el perfume de gardenia de la isla, su aroma flotando sensualmente en el aire.

El banquete fue una mezcla de costumbres polinesias, europeas y neozelandesas, como los invitados. Lindy fue su dama de honor, aún avergonzada porque una compañera de trabajo le había oído contarle a su marido que su mejor amiga era la hija de Tom Henderson... sí, ese Tom Henderson, y había extendido el rumor.

Fue una ceremonia ruidosa, con el coro de la iglesia añadiendo soberbias armonías al sonido de las olas.

Jo parpadeó varias veces para contener las lágrimas, su flamante marido apretando su mano mientras recibían las felicitaciones de los amigos de Luc, algunos rostros muy conocidos que salían a menudo en las noticias, los empleados de Jo y varias amigas de la universidad.

–Meru me ha contado algo muy interesante –empezó a decir cuando los invitados volvieron al resort, dejando la playa vacía. El sol se había puesto horas antes y una luna de enamorados colgaba sobre el mar, iluminando con su encanto toda la isla.

Luc enarcó una ceja.

–¿Qué te ha dicho?

–Que la razón por la que el consejo de jefes no vendió los derechos de la fórmula a esa empresa es que recibieron una oferta mejor.

Luc esbozó una sonrisa.

–¿Ah, sí? Qué raro.

–¿De verdad? ¿Quieres saber quién hizo esa oferta?

–No es asunto mío.

–Yo tampoco lo sé. Por lo visto es un gran secreto, pero Meru me ha dicho que tú sí lo sabes.

Él la miró, sus ojos del mismo color que la luna.

–Y supongo que quieres que te lo diga.

Jo esbozó una sonrisa traviesa.

–Tal vez no deberías ponérmelo tan fácil.

Luc enarcó una ceja.

–¿Qué tal tus poderes de persuasión?

–Nunca los he puesto a prueba, pero seguro que conseguiría sacártelo.

–Me gusta tu estilo –dijo él, envolviéndola en sus brazos–. De hecho, me gusta todo en ti. No, no es eso lo que quería decir. Estoy loco por ti, Joanna.

Lo había dicho con voz firme, serena, pero Jo vio un brillo de amor en sus ojos, lo sintió en el cariñoso abrazo.

Resonaba en sus palabras.

–Te quiero más de lo que esperaba. Me asusta porque no quería amar a nadie de ese modo... me hace sentir que no llevo el control, pero no puedo evitarlo. Y ese amor cada día crece un poco más.

Fue una declaración tan inesperada después del día más feliz de su vida... esa confesión tan preciosa que los ojos de Jo se llenaron de lágrimas.

–Yo también te quiero, Luc. Siempre te querré.

Mucho más tarde, con Jo entre sus brazos, Luc le preguntó:

–¿Contenta ahora que sabes que fui yo quien hizo a los jefes del consejo una oferta que no pudieron rechazar?

–Lo supe en el momento en que Meru me habló de esa nueva oferta.

–¿Ah, sí? –Luc inclinó a un lado la cabeza–. ¿Y cuándo supiste que me amabas?

–Cuando volviste de Shanghai –respondió ella, mientras besaba su hombro–. Estabas mirando un estornino en el jardín y sonreías de una forma... entonces supe que estaba enamorada de ti.

–¿Y aceptaste casarte conmigo antes de saber nada sobre mi trato con los jefes del consejo?

–Sí.

–Yo no sé cuándo me enamoré de ti... –le confesó Luc entonces–. Fue un proceso, no un momento.

Jo lo abrazó, feliz.

–Creo que darse cuenta es parte del proceso, pero yo lo sabía antes de que me lo dijeras.

–¿Cómo lo sabías?

–Porque no me pediste que firmase un acuerdo de separación de bienes.

–Entonces fue cuando yo supe que tú también me amabas –dijo Luc, riendo–. Gracias, Tom, donde quiera que estés.

–Amén –asintió Jo.

Abrazados, el suave suspiro del viento llevando el perfume de la isla hasta ellos, se quedaron dormidos sin preocupaciones ni miedos sobre el futuro.